Heiner Meemken

Inseltage

Erzählung

buch & media

Weitere Informationen über den Verlag und sein Programm unter www.buchmedia.de

Februar 2012

Umschlaggestaltung: Kay Fretwurst, Freienbrink
Printed in Europe
ISBN 978-3-86520-426-4

buch & media

HEINER MEEMKEN, Jahrgang 1956, gründete nach dem Studium eine Werbeagentur in Oldenburg, die er bis 2011 leitete. Heute lebt und arbeitet er in Tönisvorst am Niederrhein. »Inseltage« ist sein erster veröffentlichter Roman.
Weitere Informationen unter www.inseltage.info

Für Jan-Helge und Nils
und alle anderen Söhne dieser Welt

Freitag

Rainer

Ich hätte gehen sollen.

Aufstehen, das Gerät ausstellen und mit Sabine einen Spaziergang machen sollen. Aber ich bin sitzen geblieben, tief eingesunken in dieses monströse Sofa. Dabei war mir nach drei Minuten klar gewesen, wer der Täter ist. Sein scheinheiliger Blick im Gespräch mit seiner Ehefrau hatte ihn verraten. Dann dieses merkwürdige Verhalten, als der Postbote ihm das Paket übergab.

Ich glaube, es war nach dem zweiten Mord. Der Schuss traf den Jogger mitten im Sprung über einen Baumstamm und kurz nachdem die Zeitlupe einsetzte, durchschlug die erste Kugel den Oberkörper und riss den Mann nach hinten. Er fiel und fiel, und genau in diesem Augenblick muss ich eingeschlafen sein.

Ich wache auf, mein Nacken schmerzt, mir ist kalt, und der Geschmack im Mund ist grauenhaft, aber der Mörder ist gefasst. Ich sehe noch die Handschellen und das triumphierende Nicken des Kommissars, als der Abspann mit der bekannten Melodie einsetzt.

Sabine drückt den roten Knopf. Das Bild zuckt einen Augenblick, bevor es langsam dunkler wird.

»Gehst du schlafen?«

»Schon wieder?«, brumme ich.

Sabine faltet sorgfältig die Decke zusammen und

schüttelt das Kissen auf, bevor sie mich ein letztes Mal fragt: »Und?«

Ich hebe lustlos meine Schultern, sie geht. Ich lausche auf ihre Schritte im Flur, den sich drehenden Schlüssel im Schloss der Haustür und die zu laut geschlossene Badezimmertür. Und die Stille danach.

Draußen scheint alles schwarz und tot zu sein. Jetzt fliegen können, denke ich, raus in die Nacht, höher und höher.

Wie alt bist du eigentlich, würde Sabine fragen. Alt, würde ich antworten. Seit wann das denn, käme es hämisch zurück. Sabine hat recht. Ich fühle mich immer noch wie fünfunddreißig, auch wenn ich aussehe wie fünfundvierzig und letztes Jahr fünfzig geworden bin. Fünfzig. Als mein Vater in meinem Alter war, habe ich meine Fete zum Fünfzehnten gefeiert.

Alles nur Fünfen.

Ich wende mich ab vom Fenster und lasse meinen Blick durch den Raum schweifen: Sofa, Sofa, Sessel, Tisch, Teppich, Fernseher, Blume, Bild. Natürlich keine Schrankwand, vollgestopft mit über Jahre hinweg gesammelten Dingen. Nippes, würde Sabine sagen. Nein, unser Haus ist tatsächlich nippesfrei, Antiquitäten wechseln sich mit Designerstücken ab, zwischendurch Ikea und Sabines Bilder oder wie sie es ausdrückt, Werke. Das ganze Haus hängt voll davon, nur das Wohnzimmer hat sie bisher verschont. Warum, weiß ich nicht, und es ist mir auch egal. Wie so vieles im Moment.

»Midlife-Crisis«, höre ich Sabine durch den Raum lachen, so laut, dass meine Trommelfelle vibrieren. Ich grinse, lege mich rücklings auf den Teppich, der mehr als Sabines Kleinwagen gekostet hat, breite Arme und Beine aus.

»Selber Midlife-Crisis«, singe ich nach der Melodie eines bekannten Schlagers aus den Fünfzigern. Dabei mache ich Handbewegungen wie beim Malen mit einem Pinsel und freue mich wie ein Kind.

»Meine Midlife-Crisis ist billiger«, füge ich noch triumphierend hinzu, aber Sabine ist schon verschwunden. Da sie ohnehin nicht da war, ist mir auch das egal.

Der Berber unter mir ist wunderbar weich. Ich glaube, ich bleibe hier. Mit etwas Glück verwandelt er sich in einen fliegenden Teppich, teuer genug war er ja.

Sabine

Was macht er wieder da oben?

Die Digitaluhr leuchtet. Viertel nach zwölf, und ich bin noch immer hellwach. Vielleicht hätte ich bei Rainer bleiben sollen. Und dann? Diese Stimmung kenne ich zur Genüge, die endet im Streit oder im Alkohol. Schnell eine Flasche Wein aus dem Keller, du trinkst doch etwas mit, und natürlich trinke ich etwas mit, dann die zweite, Rainer fängt an zu erzählen, diesen ganzen Jugendquatsch, und irgendwann wird er so sentimental, dass ich jeden Augenblick Tränen bei ihm erwarte. Merkwürdigerweise kommen sie nie. Um uns geht es in diesen Gesprächen ohnehin selten. Und wenn, dann auf diese merkwürdige Art und Weise. Ich kann es gar nicht genau beschreiben, und in den meisten Fällen merke ich sogar zu spät, dass Rainer von *uns* spricht, und habe bereits auf die eine oder andere Frage geantwortet, bevor es mir auffällt. Ich erschrecke und ärgere mich darüber, dass sich Rainers Stimme anhört, als spreche er von einem Arbeitsablauf in seinem Büro und nicht über unser Leben.

Seit Janus aus dem Haus ist, scheint so vieles anders geworden zu sein. Zuerst dachte ich, was für ein Unsinn, wir leben doch nicht in einem dieser kitschigen Frauenromane, aber inzwischen bin ich mir nicht mehr so sicher. Fehlt nur noch die Psychotherapeutin, die uns auf den richtigen Weg zurückbringen will. Rainer würde sagen, am besten mit Doppelnamen und unaussprechbar. Und ich würde lachen.

Keine Frage, in solchen Dingen ist Rainer schlagfertiger als ich und kann dabei auch noch unglaublich witzig sein. Ich habe ihn immer dafür bewundert.

»Hahaha«, höre ich Gertrud spotten und sehe, wie sie grinsend Beifall klatscht. Gertrud ist meine beste Freundin. Ihr Mann Reinhard ist über Jahre fremdgegangen. Alle wussten davon, irgendwann auch Gertud. Zunächst Eheberatung, jede Woche, über ein Jahr lang, dann die Trennung. Das ist jetzt alles drei Jahre her, am Schluss konnte ich weder Gertuds Tränen noch die ewig gleichen Geschichten weiter ertragen. Gesagt habe ich ihr das nicht. Sie hat mich gebraucht, und jetzt ist sie ohnehin darüber hinweg.

Rainer ist immer noch nicht da. Wartet er, bis ich eingeschlafen bin? Oder hat er den Kasten wieder an und ist eingenickt? Vielleicht sollte ich einfach Wasser in diesen blöden Apparat laufen lassen oder den Kabelanschluss irgendwo im Haus durchtrennen. Die zweite Idee ist besser, würde Rainer sagen, darauf kommt so schnell niemand.

Und dann? Was würde ohne dieses Ding passieren?

Wir würden uns hemmungslos vergnügen, höre ich Rainer grinsend vorschlagen.

Gute Idee, würde ich antworten und hinzufügen: Wer vergnügt sich deiner Meinung nach bei uns wann mit wem?

Und Rainer hätte ganz sicher wieder eine Antwort parat. Vielleicht: Du mit mir und ich mit dir und wir beide zusammen mit uns. Ich würde ihn auslachen und fragen, wovon er gerade spreche und ob er sich noch daran erinnern könne, wann wir uns das letzte Mal hemmungslos vergnügt hätten.

Schade, dass dieses Gespräch so nie stattfinden wird. Erstens gebe ich nie solche Antworten, weil sie mir immer viel zu spät einfallen und zweitens bin ich mir inzwischen nicht mehr sicher, ob ich noch Gefallen an diesem *hemmungslosen* Vergnügen finden würde.

Rainer

Ich liege noch immer auf dem Berber, jongliere mit den Beinen in der Luft einen imaginären Ball hin und her. Es erinnert mich an die ausgelassenen Stunden mit dem kleinen Janus. Der Teppich war ein anderer, das Zimmer das gleiche. Bei mir selbst bin ich nicht so sicher.

Die Beine sinken erschöpft ins weiche Rot aus vielen geknüpften Fäden. Meine Uhr zeigt zwanzig nach zwölf. Ich denke an damals. Das waren noch Zeiten, als die Nacht erst um diese Stunde begann, in der Disco oder auf einer dieser ewigen Studentenfeten, die Zahnbürste in der Tasche, in Gedanken nichts anderes als die kommenden Stunden.

Ich muss aufstehen, ins Bad und ins Bett. Und schlafen, auch wenn morgen Samstag ist. Wir müssen früh hoch, eine Überraschung für Sabine.

Ob sie jetzt wartet? Ob ich mir wünsche, dass sie auf mich wartet? Oder sind die Fragen zu einfach? Vielleicht auch zu spät gestellt? Wäre vor zwanzig Jahren der richtige Zeitpunkt gewesen? Aber heute? Wann haben Sabine und ich das letzte Mal Sex gehabt? Vor drei Wochen oder am letzten Wochenende? Ich glaube, es war am Sonntagvormittag nach unserem Spaziergang. Ich hatte eine Flasche Sekt kalt gestellt, später den Korken knallen lassen und für uns beide eingeschenkt. Aber ich bin mir nicht sicher, denn die immer gleiche Szene verschwimmt vor meinen Augen.

Taritara, alles ist wunderbar, tröte ich in Gedanken.

Ich klemme meine weit herausgestreckte Zunge zwischen meine Lippen. Als ich die Luft hinauspumpe, verdrängt ein tuckerndes Geräusch die Stille im Raum. Ich höre Janus juchzen, sehe seine strahlenden Augen und frage mich, wie lange das her ist.

»Auf, auf zu neuen Taten«, murmele ich, rappele mich hoch und schleiche die Treppe hinunter.

Ich schließe vorsichtig die Türen des Schlafzimmers. Krieche bei fast vollständiger Dunkelheit unter meine Decke. Die Atemzüge von Sabine hören sich gleichmäßig an. Ich wälze mich im Bett herum. Nichts passiert. Meine Finger kratzen auf der Bettdecke. Nichts. Ich flüstere: »Bist du noch wach?«

»Ja«, antwortet Sabine nach einer Weile.

»Warum?«

Ich schalte das Licht ein. Sabine dreht sich langsam zu mir um.

»Warum du noch nicht schläfst?«, frage ich erneut.

Sabine schweigt.

Ich robbe mich an sie heran. Lege vorsichtig meine Hand um ihre Taille.

»Vielleicht ...«, flüstere ich ihr ins Ohr.

Meine Hand schiebt sich unter ihr Hemd. Streichelt ihren Rücken. Sabine reagiert nicht. Wie zufällig berühre ich ihre Brust und gleite abwärts zwischen ihre Beine.

»Hör auf!« Sabine wendet sich von mir ab.

Ich zähle in Gedanken langsam bis zwanzig und schmiege mich dieses Mal an ihren Rücken. Meine Hand sucht weiter. Sabine stößt sie weg.

»Lass das!«, sagt sie ärgerlich.

»Was?«

»Idiot!«

»Huch«, stöhne ich. »Das hatte ich jetzt beinahe vergessen.«

Ich setze mich auf und pfeife leise etwas vor mich hin. Meine Hände liegen auf der Bettdecke, ordentlich nebeneinander. Ich hebe die einzelnen Finger abwechselnd hoch, versuche es synchron mit beiden Händen.

Sabine liegt immer noch mit dem Rücken zu mir, als sie leise fragt: »Ist das wirklich so schwer?«

»Was?«

»Lass doch dieses Spielchen, Rainer.«

Sie steht auf und geht ins Bad.

Taritara, alles ist wunderbar, pfeife ich.

Sabine

Ich lasse das Wasser lange über meine Hände laufen. Mein Gesicht im Spiegel sieht alt aus. Fünfzig Jahre, zwar erst in vierundzwanzig Tagen, aber das macht die Sache auch nicht besser, würde Barbara sagen.

Warum kann ich nicht lockerer sein? Seine Hand, immer wieder diese Hand. Ja, und? Ich habe ihm tausendmal gesagt, dass es langsamer gehen muss. Und? Nichts, und! Dann muss es eben schnell gehen?

Wahrscheinlich liegt er jetzt da und überlegt, wann wir das letzte Mal – klasse, ich habe nicht einmal einen Namen dafür. Vögeln, bumsen, ficken, pimpern, poppen, was für schwachsinnige Worte. Ich gehe jetzt zurück und habe einfach leidenschaftlichen Sex mit Rainer, stürmisch, intensiv, er würde sicher sagen: hemmungslos.

Leidenschaftlich wäre mir lieber, so wie damals in unserem Urlaub, den wir an der französischen Atlantikküste verbrachten. Dieser wahnsinnige Strand, FKK, obwohl nirgendwo Schilder standen, es war einfach so, jeder machte, was er wollte, und ohnehin begegnete man kaum jemandem in dieser unendlichen Weite der Dünen. Abends im Zelt fühlte ich mich wie ein Heizofen, der tagsüber aufgeladen worden war.

Ich erinnere mich noch, wie wir in diesen Tagen einmal versuchten, Muscheln zu kochen, und keiner von uns beiden wusste, ob die Schalen sich im kochenden Wasser öffnen oder geschlossen bleiben müssen, um genießbar zu sein. Wir kochten sie und stellten fest, dass ein Teil offen und ein anderer Teil geschlossen war. Am Schluss haben wir alle weggeworfen und nur das Baguette gegessen. Und Rotwein getrunken. Herrlich.

Ich gehe jetzt zu ihm und lasse meinen Schlafanzug am besten gleich hier. Ich bin doch nicht prüde, natürlich nicht.

Ich streife das karierte Teil ab, werfe es von mir. Für neunundvierzig bin ich doch noch ganz ansehnlich, denke ich beim Anblick meines Spiegelbilds. Ich hebe meine Brüste an, indem ich die Schultern nach hinten ziehe, schaue weiter nach unten zu dem Haarbüschel zwischen meinen Beinen.

Vor zwei Wochen war ich zum ersten Mal mit Barbara in der Sauna und sah, dass sie sich rasiert. Als sie meinen Blick bemerkte, sagte sie: »Ja, warum nicht, die Männer stehen drauf.«

Meine Barbara! Sie ist erst neununddreißig, keine Kinder, den Ehemann, wie sie immer sagt, schon lange entsorgt. Da ist es leicht, so zu reden: »Eine Frau kann alle Männer um den Finger wickeln. Es ist ganz einfach.« Für Barbara ist immer alles ganz einfach. Später hielt sie mir wieder einmal ihre übliche Predigt, die mit den Worten endete: »Jetzt geht es los, meine Liebe.« Und wir kauften zusammen ein. Anscheinend kennt sie jeden dieser kleinen Dessousläden in unserer Stadt. Unfassbar!

Und jetzt? Ich stehe hier, nackt und friere. Das ist

sicher nicht die beste Voraussetzung für leidenschaftlichen Sex, nicht einmal für hemmungslosen. Ich ziehe meinen zerknüllten Schlafanzug wieder an. Zurück im Zimmer, höre ich leise Schnarchgeräusche, lege mich unter die Decke, um auf den Schlaf zu warten.

Samstag

Rainer

»Guten Morgen, meine Liebe!«

Sabine schaut verschlafen zu mir hoch, dann zur Uhr und verschwindet wieder unter der Bettdecke.

»Wir machen heute was total Verrücktes«, verkünde ich euphorisch.

Sabine hebt langsam die Decke, zieht eine Grimasse.

»Frühstücken und dann geht es los. Auf, auf!«, rufe ich.

»Wo fahren wir hin?«

Sabine sitzt neben mir in meinem Geländewagen. Ich biege ab auf die Autobahn.

»Warte es ab.«

»Aber heute Abend? Die Einladung bei Walter und Monika?«

»Hab ich abgesagt.«

»Unsinn.«

Ich lächele. »Doch, doch.«

Sabine lehnt sich im Sitz zurück und schließt ihre Augen.

»Also eine Überraschung?«

Ich nicke.

»Aber eigentlich doch nicht ganz. Du kannst wählen: Paris, London oder Venedig.«

Sabine verdreht ihre Augen.

»Das ist mein Ernst«, sage ich.

»Blödsinn.«

Ich beschleunige den Volvo. Hundertfünfzig, bremse wieder ab, da auf der linken Fahrspur ein Wohnwagengespann fährt.

»Also gut, Campingplatz, Baggersee oder Insel?«

»Campingplatz auf der Baggerseeinsel«, lacht Sabine. »Und dafür habe ich jetzt den Koffer gepackt?«

Da ist sie wieder, *meine Sabine*. Die Idee mit Spiekeroog wird ihr gefallen. Sonne, Strand, gutes Essen und erstklassige Rotweine.

Ich nehme die nächste Ausfahrt und fahre auf Jever zu. Kurz vor der Stadt ein Stau.

»Verdammt, das wird knapp«, fluche ich.

Sabine legt mir die Hand aufs Bein, sagt, dass wir die Fähre schon rechtzeitig erreichen werden. Aber als wir in Neuharlingersiel den Parkplatz ansteuern, sehen wir das Schiff aus dem Hafen laufen.

»Schade«, sagt Sabine und betrachtet in den wolkenlosen Augusthimmel. »Wäre schön gewesen.«

»Quatsch. Nicht aufgeben. Ich parke jetzt und schaue, was sich machen lässt.«

Wir steigen aus. Ich nehme den Koffer in die eine und Sabines Hand in die andere Hand. Im alten Fischerhafen von Neuharlingersiel liegen einige Kutter sanft schaukelnd in den Wellen.

»Was hast du vor?«, fragt Sabine.

»Irgendjemand wird uns doch die paar Meter übers Wasser bringen können. Das wäre doch gelacht.«

»Wollen wir uns nicht lieber hier einen schönen Tag machen und später zurückfahren?«

Ich stelle den Koffer neben eine Bank, verspreche Sabine, gleich zurückzukommen, und tauche unter in einem Schwall Touristen.

Es wird sich schon etwas finden. Wie früher, als ich mit Karl durch Europa getrampt bin, kein Geld, keine Sorgen und gerade einmal achtzehn. Irgendwie ging es immer weiter, wir haben jedes Mal einen Schlafplatz gefunden, etwas zu essen oder ein Auto, das uns über Hunderte von Kilometern mitnahm.

»Das war eine andere Zeit«, sagte Karl vor ein paar Wochen zu mir. Wir treffen uns regelmäßig zu einem Bier. An den meisten Abenden bleibt es nicht bei einem. »Und wenn schon«, wiegelt Karl meine Bedenken stets ab. »Man lebt nur einmal.«

Ich weiß noch wie heute, wie wir beide damals nach London fuhren und bei der Passkontrolle gefragt wurden, wie viel Geld wir dabei hätten. Wir hatten schon vorher davon gehört, dass die Grenzpolizei auf diese Weise versuchte, langhaarige Rucksacktouristen wieder abzuweisen. Karl kam auf die Idee, uns mit mehreren Trampern zusammenzuschließen, den notwendigen Betrag zu sammeln und einzeln durch die Kontrolle zu gehen, um dem nächsten die Scheine über die Absperrung wieder zuzustecken. Es klappte. Danach ging es nach London auf ein Musikfestival.

Ich glaube, wir sahen zu dieser Zeit mit unseren verwaschenen Jeans und den grünen Parkas ziemlich wild aus. Karl trug seine Haare lang. Sie fielen ihm weit über die Schultern. Ich tastete mich langsam an seine Haarlänge heran. Bei jedem Friseurbesuch ließ ich etwas weniger abschneiden, was bei meinem Vater zu regelrechten Tobsuchtsanfällen führte. Es war mir egal. Manchmal denke ich, ich habe es sogar genossen. Nur meine Mutter tat mir leid, die vermitteln wollte und immer zwischen allen Stühlen saß. Aber das ist alles lange her.

Jetzt suche ich in der Menge nach jemandem, der aussieht, als sei er Fischer und auch noch bereit, uns nach Spiekeroog überzusetzen.

Sabine

Ich sitze hier und warte. Die Frau wartet auf der Bank, der Mann sucht nach einem Ausweg.

Blödsinn, ich rede mir wieder diesen Blödsinn ein. Rainer ist nicht so, ich hätte ja mitgehen oder selbst jemanden suchen können. Hätte was sagen können.

Trotzdem, diese Idee mit der Fahrt auf die Insel ist doch wieder einmal eine typische Rainer-Aktion. Wie so oft sind wir zu spät und jetzt sitzen wir hier, das nächste Schiff kommt erst morgen, und mein Ehemann ist auf Abenteuersuche. Wahrscheinlich chartert er ein Ruderboot, mit dem wir dann irgendwo in der Schlammwüste des Wattenmeers stranden.

Gleich dreizehn Uhr, na wunderbar! Ich habe Hunger, zu trinken ist auch nichts da, und dieser Hafen hat nur in den ersten zehn Minuten romantisch ausgesehen. Was machen bloß diese Menschenmassen hier? Das ist nicht zum Aushalten. Rainer würde sicher vorschlagen, einfach Eintritt zu nehmen. Dann sei alles geregelt. Ja, so einfach sind manche Dinge für Rainer.

Rainer und das liebe Geld, das ist auch so ein Thema! Als wir uns kennenlernten, hatten wir nichts und machten trotzdem alles, was wir wollten. Irgendeinen Weg fanden wir immer. Oder hat Rainer ihn gefunden? Unsinn.

Rainer kommt auf mich zu, er läuft neben einem kleinen, gedrungenen Mann mit blauer Pudelmütze her und winkt.

»Ich habe jemanden!«, ruft er euphorisch. Er dreht sich um und legt seinen Arm um den Mann. »Das ist Enno, Enno Harms.«

Wie immer hört es sich so an, als sei damit alles gesagt: Enno Harms.

Rainer greift nach dem Koffer, während ich den Mann begrüße. Wir gehen zu einem Kutter mit einem blauweißen Schriftzug: »NEU 288«.

»Wi möt dor röber« oder etwas Ähnliches sagt der Pudelmützenmann. Er zeigt auf den Kutter. Rainer zieht eine Grimasse und sucht nach einem Einstieg. Da springt der kleine Mann schon auf das Schiff und zieht an einem dieser schweren Taue. Rainer reicht ihm den Koffer, springt ebenfalls. Im Fallen schreit er auf und bleibt mit verzerrtem Gesicht liegen.

»Alles in Ordnung«, grinst er einen Augenblick später. Er rappelt sich hoch, hält mir seine Hand entgegen.

Der Fischgeruch ist hier noch intensiver. Ich suche nach einem Sitzplatz, ohne etwas Geeignetes zu finden. Der Pudelmützenmann winkt uns von der gegenüberliegenden Seite des Schiffs zu und zeigt nach unten.

»Do is min Boot«, höre ich. Rainer zuckt mit den Schultern. Wir gehen hinüber. Unten liegt ein Motorboot aus Holz im Wasser. Unser Führer ist bereits über eine Strickleiter hinuntergeklettert. Er hält uns beide

Arme weit ausgebreitet entgegen. »Schmet mol denn Kuffer runner!«

»Nein!«, schreie ich. »Niemals, Rainer …«

Rainer

Enno steht in diesem kleinen Boot und will offensichtlich, dass ich den Koffer hinunterwerfe. Sabine schreit mir ins Ohr, und ich starre auf die Strickleiter, die hin- und herschaukelt.

»Es reicht, sei ruhig«, fauche ich in Sabines Richtung. Sie schweigt augenblicklich.

»Wollen wir jetzt auf die Insel oder nicht? Das Boot sieht doch solide aus. Weit ist das ohnehin nicht.«

Sabine antwortet nicht. Ich winke Enno zu. Der Koffer fliegt.

»Ich geh zuerst, dann halten wir unten die Strickleiter fest.«

Sabine scheint verärgert zu sein, aber ich steige hinab.

Wahnsinn, das fühlt sich gut an, das wird eine Fahrt, das wird mein Wochenende. Als ich im Boot bin, warte ich auf Sabine, die unentschlossen an der Reling kauert. Einen kurzen Moment fürchte ich, dass sie nicht zu uns kommt. Jetzt tritt sie auf die erste Stufe, zögert, bevor sie hinunterklettert.

Ich sitze neben Sabine. Ihre langen Haare wehen ausgelassen im Wind. Das Boot fährt schneller, als ich erwartet habe, laut Enno sind wir in einer knappen Stunde auf der Insel. Sabine starrt mich bei seinen Worten wütend an, im Moment scheint ihr die Fahrt aber zu gefallen. Ich spüre jede kleine Welle, jedes Loch auf der Wasseroberfläche. Sabine spricht nicht. Sie streicht sich zum wiederholten Mal die Haare aus dem Gesicht. Ich würde gern wissen, was sie denkt. Jetzt lächelt sie.

Enno sitzt im Heck des Boots, ich mit Sabine in der Mitte. Da würde es am wenigsten schwanken, hatte Enno uns erklärt.

»Schwanken«, murmele ich und denke: Ich will aber, dass es schwankt, spritzt, mich umhaut. Ich will merken, dass ich lebe. Warum krieche ich nicht nach vorne, spüre jeden Aufschlag auf das Wasser doppelt und dreifach, schmecke das Salz an meinen Lippen, fühle den Wind, der auf mein Gesicht prallt?

Weil du ein Kopfabenteurer bist, höre ich Karl lästern. Besser im Kopf als nirgendwo mehr, ist meine Antwort. Aber Karl grinst nur breit. Vielleicht, weil er weiß, dass selbst meine wildesten Gedankenspiele immer harmlos waren, ich in unseren frühen Jahren nicht einmal den Mut hatte, meine Haare so lang wachsen zu lassen wie er seine, nie den Joint auf Lunge geraucht habe und auf unseren Reisen immer einen Fünfziger für Notfälle dabei hatte, von meiner Mutter sorgfältig in den Hosensaum eingenäht.

Ja, Karl würde breit grinsen.

Der hüpfende Bug des Boots zieht mich magisch an. Ich klammere mich an meinem Sitz fest, rieche das Wasser, höre die Wellen und spüre die Weite.

Plötzlich lösen sich meine Hände. Mein Körper fällt nach vorne. Ich robbe vorsichtig weiter, Sabine schreit mir hinterher und irgendetwas hält mich am Bein fest, aber ich reiße mich los. Das Boot hüpft über eine Welle, fällt nach unten. Ich schlage mit voller Wucht auf die Außenkante auf, drehe mich reflexartig zur Seite und kralle mich mit nassen Händen an der Bootkante fest. Langsam ziehe ich mich wieder hoch.

Am Horizont sehe ich die Insel. Ich knie mich hin, greife mit beiden Händen ein Seil, das am Bug befestigt ist, und lehne mich nach hinten, um so die Bewegungen des Bootes besser auffangen zu können. Wie ein Rodeoreiter werde ich hin und her geschleudert, schreie Kommandos gegen den Wind. Irgendwann spüre ich die Nässe auf meiner Haut und sehe Karl, der mir anerkennend zunickt.

In der Ferne kommt uns die Fähre von Spiekeroog entgegen. Ich drehe mich zu Enno um. Zeige auf das Schiff und die eindrucksvollen Fahrtwellen, die es verursacht. Enno grinst und hält auf die Fähre zu.

Sabine

Ich habe panische Angst. Rainer scheint völlig außer sich zu sein, jetzt schreit er schon wieder ein Kommando, das ich nicht verstehe. Der Pudelmützenmann, dessen Name ich vergessen habe, grinst wie ein Breitmaulfrosch und scheint sich diebisch zu freuen. Worüber nur? Darüber, dass Rainer in der Nordsee landet oder sich eine Lungenentzündung holt? Oder beides?

Rainer blickt zurück. Zu mir? Seine Augen strahlen, ich schließe meine, will zurück in mein Bett, in meine Küche, auf meinen Wochenmarkt und zu meinem ruhigen Leben von gestern.

Ich öffne die Augen, will den ganzen Irrsinn wegschreien. Glücklicherweise liegt die Insel inzwischen vor uns. Ich spüre, wie das Boot langsamer wird. Rainer, der jetzt das Tau losgelassen hat, breitet seine Arme aus, als könne er fliegen. Er steht auf, taumelt, fängt sich wieder. Ich drehe meinen Kopf zur Seite.

Wir fahren auf den Hafen zu, links von uns ist das Land zum Greifen nahe, rechts liegt das Wattenmeer. Rainer kommt zu mir zurück. Er lacht. Die Tränen rollen über seine Wangen.

»Das war herrlich.«

»Idiotisch …«, spucke ich ihm mit letzter Kraft vor die Füße.

Er sieht mich einen kurzen Augenblick erstaunt an.

»Du hast recht, ich bin ein Idiot. Aber immerhin sind wir auf Spiekeroog und leben noch beide.« Rainer grinst wie der Pudelmützenmann. Ein Tau fliegt auf ihn zu. Er fängt es auf.

Ich stehe an Land neben unserem Koffer. Mein Magen dreht sich immer noch. Rainer spricht mit dem Pudelmützenmann. Er klopft ihm anerkennend auf den Rücken. Unser Fährmann nimmt die Scheine von Rainer entgegen, zählt sie sorgfältig durch. Und spricht zwei unverständliche Sätze, bevor er Richtung Dorf geht.

»Auf zum Strand, ein paar Stunden scheint die

Sonne noch«, sagt Rainer. Er winkt einem Mann zu, der neben einem Pferdewagen steht und geht auf ihn zu.

Ich sitze auf einer der hinteren Holzbänke. Eigentlich sei der Wagen nur für Inselrundfahrten gedacht, hatte mir Rainer vor der Fahrt erklärt, aber Walter würde eine Ausnahme machen.

Ausnahme? Blödsinn! Weshalb sollte Walter eine Ausnahme für zwei durchgeknallte Touristen machen?

Der alte Gaul setzt sich in Bewegung. Nach einer kurzen Fahrt steigen wir an einem der Strandübergänge aus, während unser Koffer weiter ins Hotel kutschiert. Rainer, der auf dem Bock neben dem Kutscher gesessen und sich mit ihm lauthals über Pferderassen und deren Aufzucht unterhalten hat, schultert unsere Strandtasche, zeigt auf ein Haus hinter einer Baumreihe und ruft im Laufen: »Ich hole uns was, Café Westend, Walter hat gesagt – egal, bin gleich wieder da!«

Wir gehen zum Strand. Rainer, mit einer Einkaufstüte im Arm, lacht mich an. »Rechts oder links, mit oder ohne?« Er greift meine Hand, wartet. Ich zucke mit den Schultern. Rainer zieht mich nach links. Erst als ich die ersten Badenden sehe, verstehe ich seine Frage und bleibe abrupt stehen.

»Du wirst ja ganz rot«, sagt er. »Erinnerst du dich nicht mehr, Île d'Oléron, Frankreich 1979, die Dünen, der weiße Strand, unser blaues Zelt?«

Ich starre Rainer an, schüttele langsam den Kopf.

Rainer

Als Walter mir sagte, dass da die *Nockten* rumliegen würden, grinste er und gab mir einen leichten Stoß in die Rippen. Schöne Frauen, flüsterte er, wirklich schöne Frauen. Eigentlich sei das dort auch nicht erlaubt, fügte er hinzu, aber heutzutage könne man das ja nicht mehr verhindern.

Die Fahrt zur Insel erinnert mich an meinen ersten Urlaub mit Sabine. Auf der Île d'Oléron hatten wir zwei Franzosen, ein Geschwisterpaar, kennengelernt, die mit einem großen Motorboot unterwegs waren und uns bei einer Strandparty einluden, für eine Weile an Bord zu kommen. Drei Tage und zwei Nächte verbrachten wir auf dem Schiff, tranken hervorragenden Bordeaux, sprangen vom Boot aus in den Atlantik, tollten im Wasser herum und fühlten uns wie Millionäre. Unsere neuen Freunde, Cécile und Louis, die offensichtlich sehr reiche Eltern hatten, studierten nur zum Schein und schienen das ganze Jahr über zu feiern.

Ich wäre damals gerne länger geblieben, aber Sabine bestand darauf zu gehen. Warum? Ich weiß es nicht. In unserer letzten Nacht auf dem Boot muss etwas vorgefallen sein. Wir haben in den Morgen hineingefeiert, irgendwann weit nach Mitternacht lag ich mit Cécile allein an Deck. Wir unterhielten uns, tranken die letzte Flasche Rotwein und betrachteten gemeinsam den Sternenhimmel. Céciles Kopf lag auf meinem Bauch, sie spielte mit meinen Händen und erzählte mir von ihren Kindheitserinnerungen.

Was noch geschah in dieser Nacht, verschwimmt vor

meinen Augen. Vielleicht habe ich in den vielen Jahren danach auch etwas dazu erfunden oder das eine oder andere verdrängt. Ich weiß nur noch, dass Sabine mich früh am Morgen weckte, weil sie das Boot verlassen wollte. Wir sind gegangen und am nächsten Tag zurück nach Deutschland gefahren. Eine Woche früher als geplant.

Das Meer und den Strand haben wir in unseren später folgenden Urlauben gemieden. Skifahren im Winter, Schweden im Sommer, das war unser Urlaubsprogramm zu der Zeit, als Janus noch mit uns fuhr.

Janus, der jetzt nur noch alle paar Monate bei uns auftaucht und im April vierundzwanzig geworden ist. Psychologie und Philosophie, ich verstehe nicht, wie der Junge auf diese Kombination gekommen ist. Sabine war begeistert, ich nicht, aber am Schluss habe ich geschwiegen, es war besser so.

Ich finde meine Idee mit *dem* Strand fantastisch, es ist traumhaft hier, fast wie in Frankreich vor – fünfundzwanzig Jahren. Außer an Cécile und natürlich Louis erinnere ich mich nicht an viele Einzelheiten. Nur an den Strand, die Dünen, die ewige Sonne und uns.

Meine Badehose hatte ich in Deutschland vergessen, Geld für eine neue hatte ich nicht übrig, also blieben nur die Dünen am Nacktbadestrand. Sabine zog zunächst nur ihr Oberteil aus. Erst nach zwei oder drei Tagen ließ sie auch die Bikinihose im Zelt zurück. Ich glaube, sie hat immer vermutet, dass ich meine Badesachen mit Absicht liegen gelassen hatte. Aber so war es nicht.

Ich ziehe mich aus, werfe meine Sachen als Kopfkissenersatz auf einen Haufen. Der Sand ist wohlig warm, kratzt leise an meiner nackten Haut. Die Luft ist für einen Augusttag angenehm mild. Sabine steht aufrecht vor mir. Sie knöpft langsam ihre Bluse auf.

»Wie in einer anderen Welt«, flüstere ich dem Himmel zu, drehe meinen Kopf und sehe, wie Sabine die Hose abstreift. Darunter trägt sie einen schwarzen Slip. Er ist winzig, an den Rändern mit zarter Spitze besetzt und durchsichtig, nur unterbrochen von wenigen angedeuteten Blumenornamenten. Ich wundere mich, so etwas habe ich bei ihr noch nicht gesehen. Sabine dreht sich langsam zu mir um und sucht wieder meine Augen.

Sabine

Ich versinke vor Scham im Sand. Der Slip gleitet die Beine hinab. Jetzt der BH. Rainer lässt sich nichts anmerken, aber ich fühle mich nackter als je zuvor.

Wir haben einen ruhigen Platz am Strand gefunden. Der weiße feine Sand ist wunderbar: wie er zwischen meinen Händen zur Erde rieselt und dabei sanft die Haut die Innenseiten meiner Beine berührt. Ich grabe mit den Füßen ein kleines Loch und häufe den gewonnenen Sand um mich herum im Halbkreis auf. Auf die Kante lege ich Muschelschalen. Es erinnert mich an die Sandkastenspiele von Janus. Er konnte stundenlang mit Schaufel und Eimer in der Erde buddeln. Und ich sah ihm zu. Stundenlang.

Rainer packt das Lunchpaket aus und öffnet mit einem breiten Grinsen eine Flasche Sekt. Es fehlen nur noch die Gläser, denke ich, aber in diesem Moment zieht Rainer zwei Sektgläser aus der Tasche.

»Was sagst du jetzt?«, fragt er und reicht mir ein volles Glas mit den Worten: »Auf unser neues Leben!«

Ich frage mich, was er damit meint, trinke einen Schluck und esse hastig ein großes Stück Torte. Ein Teil der Sahne fällt auf meine Beine. Rainer beugt sich blitzartig vor, um sie genüsslich abzulecken. Ich stoße sanft seinen Kopf weg.

»Welches neue Leben?«

»Keine Ahnung«, sagt Rainer. »Irgendwas liegt in der Luft.«

»Ich sehe nichts.« Bei diesen Worten drehe ich meinen Kopf interessiert zu allen Seiten.

Rainer stockt einen Augenblick und grinst.

»Dir ist schon klar, dass das eigentlich gerade mein Part war?«

»Na so was. Ich kann mich nicht mehr daran erinnern, wann wir diese spezielle Vereinbarung getroffen haben.«

Ich wundere mich über meine Worte, die kommen, ohne mich zu fragen. Rainer dreht sich zu mir um, verzieht sein Gesicht und streckt mir die Zunge heraus.

Ich blicke auf den Horizont, wo sich ein Dampfer wie auf einer Schiene bewegt, langsam und schnurgerade. Wir haben auflaufendes Wasser und können in ein paar Minuten in die Nordsee springen.

Plötzlich fragt Rainer mich: »Warum sind wir damals in Frankreich eigentlich früher abgefahren?«

Ich wende meinen Kopf ab. Schweige.

Rainer

Auf das neue Leben – es klang wie ein Scherz, der auch einer sein sollte, aber während ich die Worte formulierte, merkte ich, dass es nicht so war. Und dann noch meine Frage zum Frankreichurlaub, sie war nicht geplant, sprudelte einfach heraus. Heute scheint alles durcheinander zu sein. Und als ich Sabines Dessous sah und die nackte Haut darunter und ihre Augen, die meine suchten, drehte sich für einen kurzen Augenblick alles in mir.

Der Sekt ist kalt und schmeckt, er prickelt auf der Zunge. Ich denke an heute Nacht und robbe an Sabine heran. Sie streichelt mir kurz über den Kopf.

»Kannst du noch schwimmen?«, fragt sie und rennt im nächsten Moment los. Ich mühe mich hoch, hole sie kurz vor dem Wasser ein. Wir springen gemeinsam in die Nordsee. Die Wellen sind niedrig, anders als im Atlantik, das Wasser ist nicht so blau, die meisten Menschen nicht so braun. Alles ist anders und doch wieder da.

Wir sind im tiefen Wasser, ich tauche, ziehe Sabine nach unten, sie kreischt, taucht mit, ist wieder oben und stemmt sich mit aller Kraft auf meine Schultern, bis ich unter Wasser sinke. Sie lacht laut auf, bevor sie sich rücklings fallen läßt.

Sabine schwimmt, krault. Ich hatte fast vergessen, dass sie in jungen Jahren im örtlichen Schwimmverein war. Ich versuche, sie zu erreichen, gebe aber im nächsten Moment erschöpft auf.

»Zu alt?«, schreit Sabine. »Oder zu lange am Tau gestanden?«

Ich lasse mich auf dem Rücken treiben. Sehe den

blauen Himmel über mir und die Möwen, die lautlos schreien. Meine Ohren sind unter Wasser. Alles ist still. Ich höre nur das leise Rauschen des Meeres. Für einen Augenblick bleibt die Zeit stehen.

Wir reiben uns gegenseitig trocken. Sabine küsst mich auf den Rücken. »Du wirst einen Sonnenbrand bekommen, Rainer«, sagt sie fürsorglich.

Einen Sonnenbrand und wenn schon. Rot oder tot oder leben. Der Blödsinn in meinem Kopf verdichtet sich, scheint die letzten Ecken meiner Gehirnwindungen zu erreichen. Vielleicht liegt es an der salzigen Luft, dem Wind, der Sonne. Es ist mir egal. Ich liege hier neben Sabine, erschöpft und leer.

Ich glaube, leer ist das richtige Wort. Wenn etwas leer ist, muss es wieder gefüllt werden. Alles, was vorher war, ist nicht mehr da, und das, was kommt, liegt in deiner eigenen Hand.

Leer. Ja, ich glaube, das bin ich.

Alice sagte mir einmal, sie hätte gerne die Erfahrung meiner vielen Jahre, worauf ich ihr antwortete, die könne sie haben, da ich sie nicht mehr brauche. Sie lachte und verschwand ins Badezimmer.

Sabine

Rainer liegt ruhig neben mir. Er starrt in den Himmel. Hin und wieder lächelt er, greift in den Sand und lässt ihn langsam und gleichmäßig durch seine Finger gleiten. Wie in einer Eieruhr entsteht eine kleine Pyramide aus Sand.

Die Sonne neigt sich dem Horizont zu. Mir wird kalt. Ich stehe auf und streife mir den feinen Sand vom Körper.

Es ist immer noch ein merkwürdiges Gefühl, nackt zu sein. Diese Blicke der Männer, als ich zum Strand und zurück lief. Und erst als wir uns gegenseitig abtrockneten. Bilde ich sie mir ein? Und Rainer? Er hat nichts gesagt, aber seine Augen flackerten. Ich kenne diesen Blick. Und habe ihn genossen?

Rainer schaut immer wieder wie zufällig in die Runde. Ich beobachte ihn und frage mich, was der Unterschied ist zwischen nackten Menschen, die uns gegenüberstehen oder an uns vorbeilaufen, und den Nackten auf der Leinwand, dem Computerbildschirm oder gar in einem Pornostreifen.

Gertrud sagt, alle Männer würden gerne Pornos ansehen. Ich habe daraufhin nur geantwortet: »Vielleicht die Männer, die du kennst.«

Ein T-Shirt, eine Hose oder ein BH und ein Slip, mehr ist es doch nicht, was hier am Strand fehlt. Und trotzdem, ich komme mir vor wie in einer anderen Welt.

Rainer steht auf und hilft mir beim Zusammentragen.

Unsere *Nachbarn* sind auch im Aufbruch. Ein Pärchen, vielleicht Mitte dreißig. Der Mann muskulös, groß, die Haare sehr kurz. Die Frau, schlank, ihre Brüste sind kleiner als meine, aber fester. Die rechte Brustwarze hat ein Piercing, einen Ring, der mit einer kleinen Kugel verziert ist. Die Frau streift sich ein knielanges Kleid über, mehr nicht. Der Mann zieht eine kurze Sporthose an, sammelt die wenigen Strandsachen in einen kleinen Korb.

»Wo ist das Hotel?«, frage ich.

»Wir haben noch etwas Zeit. Walter holt uns in einer Viertelstunde ab.«

Ich zucke mit den Schultern, setze mich wieder in den Sand.

Rainer grinst. »Alles nur für dich.«

Ich bin mir nicht sicher, ob es wirklich für mich ist oder für ihn. Wann hat Rainer das letzte Mal etwas für mich getan? Nur für mich?

Alles, was ich mache, ist für dich, würde er sagen. Fehlt nur noch der Zusatz: Damit du es gut hast. Aber davon bleibe ich glücklicherweise verschont.

Als ich vor einigen Monaten mit Barbara über Rainer sprach, wunderte sie sich über meine Gedanken. »Sei froh, dass du so ein Exemplar gefunden hast«, sagte sie. Ein Exemplar, dachte ich damals, Rainer ist also ein Exemplar.

Nicht weit von uns entfernt legen zwei Frauen ihre Handtücher in den Sand, ziehen sich aus. Eine der beiden läuft direkt zum Wasser, hüpft über die ersten Wellen. Sie springt mit einem flachen Kopfsprung in die Nordsee. Taucht wieder auf, krault. Ich sehe an ihren Bewegungen, dass sie eine gute Schwimmerin ist.

Rainer

Was für eine Frau! Wie sie über den Strand läuft und ins Wasser springt, diese Kraft und …

»Wir müssen zurück«, sage ich nach einem Blick auf die Uhr.

Walter hockt grinsend auf seinem Kutschbock, fährt los, sobald ich neben ihm sitze. Sabine hat wieder in der hintersten Reihe Platz genommen.

»Zufrieden?«, fragt Walter, nachdem er einen kurzen Blick über die Schulter zu ihr geworfen hat.

»Schöner Strand«, antwortete ich.

»Ja, habe ich auch gehört.«

Das Hotel ist nah, wie alles hier auf der Insel. Ich nicke Walter zu. Er hebt seine Hand, deutet einen Gruß an und schwingt kaum merklich die Zügel. Das Pferd läuft mit gesenktem Kopf los.

Das Fachwerkhaus, in dem das Hotel untergebracht ist, liegt eingebettet in der seichten Dünenlandschaft vor uns. Mit seinem heruntergezogenen Walmdach und einem großen Fenster, das an ein Scheunentor erinnert, ähnelt es einem friesischen Bauernhof. In der Eingangshalle empfängt uns ein Hotelmitarbeiter, fragt nach meinem Namen und führt uns in unser Zimmer. Es hat einen großzügigen Zuschnitt mit einem separaten Wohn- und Schlafbereich. Eine Flasche Champagner liegt im Eiskübel, ein großer Blumenstrauß und eine Schale mit Pralinen stehen auf einem Beistelltisch.

Sabine sinkt erschöpft auf das Bett und streckt ihre Arme aus.

»Ich stehe nie wieder auf.«

»Um neun habe ich einen Tisch bestellt. Wenn das *nie* dann beendet ist.«

Das Kissen fliegt in meine Richtung, fällt aber vor meinen Füßen auf den Boden. Sabine schleppt sich ins Bad. Ich höre Wasser in die Badewanne laufen, öffne den Champagner und folge ihr mit zwei Gläsern und der Flasche.

Sabine liegt mit zusammengeknoteten Haaren in der Wanne, die sich langsam füllt. Ihre Augen sind geschlossen.

Ich betrachte sie. Ihren Körper, der mir doch vertraut sein sollte. Die Beine, die immer noch aussehen wie die einer jungen Frau. Die rot leuchtenden Zehennägel. Der Bauchnabel, der sich leicht hervorwölbt. Die durchgängig braune Haut, die nur auf ihrem Venushügel heller ist. Die Brüste, die ein paar Zentimeter aus dem Wasser ragen. Ihre kleinen Ohren. Ihr ungeschminktes Gesicht.

Sabine öffnet ihre Augen. Ich reiche ihr das Glas.

Sabine

Wir trinken Champagner.

»Was siehst du?«, frage ich.

»Eine Frau in der Badewanne.«

Ich schweige, warte.

»Eine schöne Frau in der Badewanne.«

Die Wanne ist vollgelaufen, ich stelle das Wasser ab. Tauche unter, wieder auf.

»Und was noch?«, bohre ich weiter.

Rainer setzt sich auf den Rand der Wanne. »Was meinst du, Sabine?«

Ich schließe meine Augen, hole tief Luft bevor ich mich unter Wasser gleiten lasse. In der Schule konnte ich weit und lange tauchen, mein Rekord lag bei über einer Minute. Nach einer Ewigkeit drücke ich mich wieder nach oben. Rainer sitzt ruhig an der gleichen Stelle..

»Keine Angst um mich gehabt?«, frage ich.

»Nein, ich glaube nicht.«

»Ich hätte Angst gehabt.«

Rainer verzieht sein Gesicht.

»Wäre ich dann ein besserer Mensch?«

»Besser, schlechter. Was sind das für Kategorien?«

»Meine?«

»Kann sein. Mir sagen sie nichts.«

Rainer trinkt einen Schluck Champagner.

»Als Kind – ja, da war ich ängstlich.«

»Und dann?«

»Später nicht mehr.«

»So einfach ging das?«

Rainer antwortet nicht. Ich steige aus der Wanne und wickle ein Badehandtuch um meinen Körper. Rainer trocknet mich vorsichtig ab. Ich gebe ihm einen Kuss auf die Wange.

»Ich brauche zehn Minuten. Alleine.«

Rainer sammelt die Gläser ein und verlässt das Badezimmer.

Ich beobachte mich im Spiegel, während das Handtuch auf die Erde gleitet. Ich denke an Rainers Frankreich-Frage und an Louis und seine wunderschönen Hände. Er spielte Klavier und Geige. Seine Haare waren – traumhaft, schulterlang und gewellt. Sie fühlten sich an wie Seide. Das ist alles lange her. Vor ein paar Jahren habe ich die Geschichte Barbara erzählt, nicht alles, nein, nicht alles. Sie hat zugehört, lange nichts gesagt. An ihren Kommentar erinnere ich mich noch heute.

Rainer klopft an die Tür.

»Ich will nicht drängeln, aber wir haben nicht mehr viel Zeit.«

Ich creme meine Beine ein, suche im Koffer und wähle einen Body, der aus der Einkaufstour mit Barbara stammt. Darüber ziehe ich das weinrote Abendkleid, stecke die Haare hoch und mache mich ans Gesicht.

Barbara ist Geschäftsführerin eines *Styling Salons*. Ich musste vor einem Jahr bei ihr einen privaten Schminkkurs belegen. Sie sagte damals, dass es so nicht mit mir weiterginge, bald würde sich niemand mehr nach mir umschauen. Ich habe sie ausgelacht, geglaubt, wir lebten in verschiedenen Welten, aber ließ die Einweisung schließlich doch über mich ergehen. Und Barbara hatte recht, ich schminkte mich nicht, ich malte mich an. Wenn man sehen würde, dass die Frau geschminkt sei, dann habe man etwas falsch gemacht, sagte Barbara. Sie öffnete ihren überdimensionalen Schminkkoffer und flötete mir ins Ohr: »Keine Angst, das ist nur die Profiausrüstung. Du bekommst nachher eine Homevariante à la Sabine.«

Meine Homevariante steht jetzt neben mir, ich nehme den breiten Schminkpinsel in die Hand, um mein Gesicht für einen langen Abend vorzubereiten.

Rainer

Zehn Minuten, hat Sabine gesagt. Dabei ist sie jetzt schon eine halbe Stunde im Bad. Ich habe einmal irgendwo gelesen, dass Warten die erste Männerpflicht sei, aber ich habe das Gefühl, dass alle meine Warteminuten zusammengezählt mehrere Jahre ergeben würden.

Ich stelle mir vor, wie ich zwei oder drei Monate dort sitze, warte und denke. Worüber würde ich nachdenken? Über die Zeit, die vergangen ist, oder über die, die kommen wird? Oder über die Zeit, die genau in diesem Augenblick vergeht?

Meine neue Hose und der schwarze langärmlige Pullover passen gut zu den braunen Lederschuhen. Ich liebe diese Schuhe, die ich mir zum fünfzigsten Geburtstag geschenkt habe. Eine Maßanfertigung aus Hamburg.

»Sabine«, rufe ich durch die geschlossene Tür. »Ich gehe schon mal ins Restaurant!«

Ich lausche an der Tür.

»Ist gut!«, ruft sie zurück. »Ich komme gleich nach.«

Ich suche mein Jackett und verlasse das Zimmer.

Diese Luxusherberge strömt eine eigenartige Ruhe aus, die förmlich zu greifen ist. Sie liegt wie Bodennebel in den Räumen und macht jede meiner Bewegungen langsamer. Ich schüttele kräftig den Kopf. Meine Haare, seit zwei Jahren vollständig ergraut, fliegen mir ins Gesicht. Ich habe sie wachsen lassen, alle Friseurbesuche um ein paar Wochen hinausgeschoben und mit Fritz, meinem Friseur, um jeden Millimeter gerungen. Mein Haarschnitt, so Fritz, sei weder modern noch sei es überhaupt einer. Mit meinen zurückgekämmten Haaren sähe ich aus wie ein in die Jahre gekommener Gigolo. Zumindest zu etwas mehr Schnitt im Haar konnte er mich überreden.

Der Bodennebel im Flur weicht nicht, meine Arme und Beine fühlen sich taub an. Ich stampfe mit beiden Füßen auf, aber der wollige Teppich dämpft die Tritte ab. Ich boxe zwei imaginäre Gegner auf die Bretter, übe Seilspringen und sehe mir plötzlich dabei im Spiegel zu. Der Mann, der mich anblickt, beendet unvermittelt seinen Einsatz. Ich grinse und spüre neue Kraft in mir, als ich die Restauranttür öffne.

Etwas Dunkles gleitet auf mich zu und begleitet mich zur Bar, an der ich auf den Tisch warten soll. Jemand fragt nach meinem Wunsch. Der Martini kommt und die Dame vom Strand. Kurzes, eng anliegendes Kleid, weiße Perlenkette. Sie ist ungefähr so groß wie ich, denke ich noch, bevor sie mich anspricht.

»Wie hat Ihnen der Strand gefallen?«

Sie erhält einen Prosecco, ohne ihn bestellt zu haben, nickt in die Richtung der bringenden Hand und schaut mich wieder an.

»Sie sind eine gute Beobachterin«, antworte ich.

»Sie aber auch.«

Ich erröte. Sie hebt ihr Glas, ich meins, wir stoßen an.

»Auf die Sonne«, sagt sie.

»Rainer«, sage ich.

»Loana.«

»Ein schöner Name.«

»Licht«, sagt die Dame. »Auf bretonisch bedeutet er Licht.«

Sabine

Ich prüfe noch einmal das Make-up, greife zum Pinsel und ziehe die Konturen nach. Das Rot der Lippen grenzt sich zu hart ab, ich verwische vorsichtig den Übergang, kontrolliere ihn erneut und bin zufrieden. Meine Haare fühlen sich nach den Stunden am Strand stumpf an. Ich werde morgen eine Haarspülung mit Jojobaöl machen müssen.

Im Schlafraum sehe ich Rainers Handy auf dem Tisch liegen. Ich greife im Gehen danach und drücke den grünen Knopf. Auf dem Display erscheint die Uhrzeit in Riesenzahlen. Neun nach neun. Ich lasse das Handy in meine Tasche gleiten, haste zur Tür und wieder zurück. Suche den Schlüssel.

Der lange Flur, wieder eine Tür, sie klemmt, ich lehne mich dagegen, sie springt ein Stück auf. Ein Schrei, Stöhnen.

Ich weiche erschrocken zurück, warte, drücke wieder, jetzt vorsichtiger. Etwas scheint auf der anderen Seite zu liegen. Noch ein Schrei, ich schließe die Tür. Warte erneut. Langsam öffnet sie sich. Erst eine Hand, noch eine, Augen, Haare, ein Bart. Ein Mann, älter, sein weißes Hemd ist zur Hälfte braun und nass.

»Guten Abend«, sage ich. »Ich fürchte – ich glaube …«

»Ich auch«, antwortet der Mann.

»Kaffee?«

»Ja, es war Kaffee«, sagt der Mann. »Aber glücklicherweise nicht mehr heiß.« Er schaut auf sein Hemd, die Hose und zu mir. Die Augen, denke ich, die Augen. Kastanienbraun, sie leuchten.

»Kennen – wir uns?«

Der Mann lächelt, sagt: »Ich glaube nicht, aber vielleicht …«.

»Kommen Sie doch bitte mit auf mein Zimmer. Ich kann Sie hier nicht so stehen lassen.«

Der Mann nickt stumm. Ich gehe vor und schließe auf. Er folgt mir. Hinkt.

»Ich hole einen Lappen«, rufe ich im Gehen.

Als ich zurückkomme aus dem Bad, sitzt der Mann auf dem Bett und wartet.

»Da ist nichts mehr zu retten, fürchte ich«, sagt er.

Ich reibe kräftig auf seinem Hemd herum. Er hat recht, es ist allenfalls noch als Putzlappen zu gebrauchen.

»Wohnen Sie auch im Hotel?«

»Nein. Ein Freund. Die Tasse … ich wollte sie zurückbringen.«

»Haben Sie sich verletzt?«

Der Mann nickt. »Es könnte sein – mein Kopf, ich glaube auch der Fuß.«

»Ich rufe einen Arzt.«

»Nein, bitte nicht. Es reicht, wenn Sie mir aufhelfen – und mich vielleicht ein paar Meter begleiten.«

Ich greife ihn unter dem Arm.

»Einen Augenblick noch«, sage ich. »Mein Mann …«

Ich schreibe Rainer eine kurze Nachricht auf einen Zettel.

Wir gehen.

»Warten Sie auf jemanden?«

»Meine Frau«, sage ich mit dem Blick auf die Uhr. »Sie wollte gleich nach mir kommen. Aber …«

Ich trinke langsam den letzten Schluck Whisky und zeige zwei Finger in Richtung Bar. »Das Gleiche noch einmal?«, frage ich.

Sie nickt, dreht ihre Hand um wenige Millimeter und berührt dabei kurz meine.

Die Getränke kommen, wir stoßen an. Loana fragt, ob es heute mein erster Tag auf der Insel sei. Ich antworte ihr, frage zurück. Sie lächelt und sagt, dass sie drei Wochen gebucht habe. Sie richtet ihren Blick auf die Uhr und wieder zu mir. Ich zucke mit den Achseln.

»Es ist wohl besser, wenn ich nach meiner Frau sehe. Sie wollte schon lange hier sein.«

»Tun Sie das, ich bleibe noch eine Weile hier sitzen.«

Als ich die Tür zum Zimmer aufschließe, liegt ein Blatt auf dem Tisch.

Rainer, ich hatte einen kleinen Unfall mit einem älteren Herrn. Ich bringe ihn nach Hause. Warte nicht auf mich, es kann länger dauern. Kuss Sabine

Ich lese die Zeilen nochmals, schüttele erstaunt den Kopf, beschließe aber, zurück ins Restaurant zu gehen.

Loana sitzt noch an der Bar, hebt ihr Glas. »Doch alleine?«

Ich nicke. Sie zeigt in die hintere Ecke des Restaurants.

»Ich werde uns etwas aussuchen«, sagt sie, als wir am Tisch sitzen. »Sie essen doch Fleisch?«

»Gerne«, sage ich.

Der Wein kommt aus dem Nichts, ich probiere und nicke wieder. Die Vorspeise wird serviert, Loana hebt das Glas, sagt leise: »Auf?«

»Die Schönheit?«

»Und die Freiheit.«

Die Gläser klingen. Leise Musik, Hände, die die Teller wechseln, Ente in Sanddorn, Riesling aus der Pfalz, Mangoparfait auf Himbeerpüree.

»Wie ein übergossener Negerkuss«, lächelt Loana und probiert die Nachspeise. Wieder das Glas, ihre Augen. Die Lippen bewegen sich.

Die Frage.

Die Antwort.

Sabine

Ich drehe den Schlüssel um, einmal, ein weiteres Mal. Die alte Tür öffnet sich. Wir gehen in das Haus, in dem ein angenehmer Geruch von Farbe und trocknendem Firnis in der Luft liegt. Ich atme tief ein. Der Mann wirft mir einen aufmerksamen Blick zu

»Sie malen?«, fragt er.

»Nur so – für mich.«

»Für wen sonst?«

Ich denke über seine Frage nach, er öffnet eine Tür, hinter der die Küche ist.

»Darf ich Sie zum Tee einladen?«

Der Mann stellt Wasser in einem Kessel, wie ihn meine Mutter hatte, auf den Herd.

»Setzen Sie sich doch«, sagt er.

Die Küche ist alt, wie aus einem Museum. An der Längsseite des Raumes steht ein alter Kohleherd, schwarz, mit Dreieckfüßen, vorne drei Klappen, oben die abnehmbaren Platten in Ringform. An der Wand über dem Herd bilden blau-weiße Kacheln eine zusammenhängende Zeichnung von einem Segelschiff mit Leuchtturm. Weit über dem Herd hängt eine Art Dach mit einer umlaufenden breiten Holzleiste, darunter ein schmale, dunkelblaue Stoffgardine. In der Mitte des Raums thront ein alter Eichentisch mit Ammerländer Binsenstühlen. Der Rest der Küche scheint um ein Jahrhundert jünger zu sein.

Ich hole die Tassen. Das Stövchen und der Kluntjepott stehen bereits auf dem Tisch. Ich setze mich.

»Eike Johannsen«, sagt der Mann, als er mit der Teekanne zum Tisch humpelt.

»Sabine Rosenbaum«, antworte ich und strecke ihm die Hand entgegen.

»Angenehm«, sagt er und greift mit seiner großen linken Hand über den Tisch. Er schenkt den Tee ein, reicht mir die Kluntjezange.

»Sind Sie sicher, dass mit Ihnen alles in Ordnung ist?«, frage ich.

»Keine Angst, mein Kind, ich habe schon andere Sachen überlebt. Ganz andere Sachen.«

»Sie sind Maler?«

»Ja, seit ich einen Pinsel in der Hand halten kann. Und Sie?«

»Leider noch nicht ganz so lange. Ich bin ganz am Anfang – auch wenn ich es schon Jahre versuche.«

»Geduld. Diese Zeit lässt sich nicht überspringen. Wenn es so weit ist, merken Sie es. Oder Sie hören vorher auf.«

»So weit ist?«

»Wenn Sie aufhören zu denken beim Malen und wenn der Strich keinen Umweg mehr macht. Wenn Sie die Farbe, Formen und Flächen fühlen und nicht nur sehen.«

Herr Johannsen spricht weiter und erzählt von einem Erlebnis als junger Künstler, als er noch tagsüber als Fahrer gearbeitet und die Nacht im Atelier verbracht habe. Er sei eingeschlafen und als er irgendwann in den frühen Morgenstunden aufgewacht sei, habe er sich an einen Traum erinnert. Einen Traum, in dem er wie ein Geist in die Leinwand eingetaucht sei und das ganze Bild aus ihm herausgewachsen sei und zu leben angefangen habe. Als er am Morgen das Tuch von der nächtlichen Arbeit abgenommen habe, sei das Bild aus dem Traum zum Vorschein gekommen.

Herr Johannsen erklärt, was dieses Erlebnis bei ihm ausgelöst habe, berichtet von den ersten schweren Jahren als Künstler und dass er hier auf der Insel endlich die Ruhe fände, die er so lange gesucht habe.

»Lassen Sie sich nie entmutigen«, fügt er hinzu. »Sie sind der Schlüssel, sonst niemand.«

Er steht auf und zeigt auf die Tür. »Kommen Sie mit, ich zeige Ihnen mein Atelier.«

Herr Johannsen geht vor, ich folge ihm durch den Flur. In meiner Tasche fühle ich eine Vibration. Rainers Handy, denke ich, sicher ruft er an. Ich hole das Telefon heraus. Es ist eine SMS von einer mir unbekannten Nummer. Im Zurücklegen sehe ich den dazugehörigen

Namen auf dem Display, zögere, bevor ich die Nachricht öffne.

Rainer, Liebster, melde dich endlich. Bitte!!! Was ist los? A.

Rainer

Ich weiß nicht, ob mich Loanas Frage oder meine Antwort mehr erstaunt.

»Dann gehe ich vor«, sagt sie und hält ihren Türschlüssel gut sichtbar vor sich in der Hand. Nummer fünf.

Schon wieder eine Fünf.

Ich warte einen Augenblick, bevor ich ihr folge.

Ihre Zimmertür ist angelehnt. Loana sitzt auf dem Sofa.

»Keine Verpflichtung, wir genießen die Nacht und sagen Adiós.«

Ich zucke mit den Schultern. Sie steht auf, kommt auf mich zu, streift mein Jackett ab und zieht meinen Pullover mit einem Zug über den Kopf. Plötzlich sind ihre Hände am V-Ausschnitt meines T-Shirts und reißen mit einem gewaltigen Ruck den Stoff auseinander. Als Loana sich an meiner Brust festsaugt, schreie ich auf. Sie beißt zu.

Ihre Hände sind überall, öffnen meinen Gürtel, die Hose. Loana lässt sich auf die Knie gleiten, zerrt meinen Slip bis zu den Waden herunter. Meine Schuhe fliegen. Ich werfe den Rest von mir. Sie steht auf und presst mich mit aller Kraft gegen die Wand. Küsst mich, bevor sie sich mit Schwung umdreht.

»Der Reißverschluss«, haucht sie.

Ich öffne ihn. Das Kleid fällt. Loana wendet sich zu mir um, nackt, reißt meine Arme hoch und drückt sie nach hinten. Sie fährt mit ihrer Zunge über meine Lippen, den Hals, die Brust, das Ohr.

Ich stehe wie hypnotisiert vor ihr, als sie mir in den Bauch beißt. »Runter mit dir!«, schreit sie, zerrt mich auf den Boden und setzt sich auf mich. Ihre Hand ist an meinen Lenden, tiefer, sie schiebt mich in sich hinein, bewegt sich rhythmisch. Geht in die Hocke, wippt, schneller, brüllt mich an, während ihre Fingernägeln Rillen in meine Haut ziehen.

Ich schreie vor Schmerz, ihre Hand auf meinem Mund, sie schwingt, atmet panisch, heult auf, bevor sie über mir zusammenbricht.

Ich spüre ihre Haut, den Schweiß, ihre Haare in meinem Mund und höre ihre Stimme: »Danke, das war himmlisch.«

Sabine

Herr Johannsen dreht sich zu mir um. »Etwas Ernstes?«

»Die Geliebte meines Mannes schreit um Hilfe, sonst nichts«, antworte ich mechanisch.

»Bei Ihnen?«

»Nein, es ist sein Handy.«

»Und Sie kennen sie?«

»Bis vor zwei Sekunden noch nicht.«

Herr Johannsens Augen weiten sich. »Oh – das tut mir leid.«

»Warum, das muss es nicht.«

Ich höre mich sprechen, bleibe im Flur stehen und rutsche langsam an der Wand entlang zum Boden. Meine Hände, sie liegen neben meinen Beinen, als gehörten sie nicht zu mir.

Herr Johannsen geht und kommt kurz darauf zurück. Er reicht mir ein gefülltes Schnapsglas. Ich trinke, es brennt, überall. Herr Johannsen geht wieder, trägt einen Hocker in den Flur, auf den er sich setzt.

»Ein Selbstgebrannter meines Neffen«, sagt er. »Etwas stark, aber für Notfälle genau das Richtige.«

Ich nicke und flüstere: »Der bin ich jetzt wohl.«

»Sie kennen Ihren Mann schon lange?«

»Bis vor ein paar Minuten hätte ich ja gesagt.«

Herr Johannsen schweigt.

»Sind alle Männer so?«

»Ich bin Maler, kein Psychologe.«

»Aber auch ein Mann.«

Er lehnt sich nachdenklich zurück. »Sind alle Frauen so?«

Ich muss lächeln. Er hat recht. Ohne Geliebte gäbe es keine Affäre. Aber das alles ist mir egal. Ich will schreien, aufstehen, durch die Straßen laufen und so lange brüllen, bis alle es hören.

»Gibt es hier einen Marktplatz?«, frage ich.

»Nicht direkt. Woran denken Sie?«

»Ich will schreien.«

»Verstehe.«

»Aber ich will nicht, dass es jemand versteht«, zische ich ihn an.

Und er, was macht er? Er nickt.

Rainer

Ich liege auf dem Bett. Neben mir schläft Loana.

»Zieh die Tür zu, wenn du gehst«, waren ihre letzten Worte.

Sie atmet, ihr Kopf hebt sich, vielleicht einen Millimeter, dann sinkt er zurück. Im matten Schein der Kerze sieht ihr Körper so atemberaubend aus, wie nach einer tagelangen Retusche am Computer. Ihr langes schwarzes Haar fließt an ihr hinunter, bedeckt einen Teil ihrer Brüste. Es riecht nach Zitrone und Meer. Ihre Beine wollen nicht enden, irgendwo tauchen sie unter im Wulst der Decke.

Ich betrachte meinen Bauch, der sich leicht nach oben wölbt. Dabei liege ich auf dem Rücken. Ich hätte mein Training nicht unterbrechen sollen, als vor einem Jahr der große Auftrag kam. Aber ich fand keine Zeit mehr, weder morgens noch abends. Und am Wochenende fehlte mir die Kraft.

Sie dreht sich auf die Seite, liegt jetzt mir zugewandt. Ich ziehe die Decke vorsichtig unter ihren Füßen hervor und breite sie über Loana aus. Sie brummt zufrieden.

Zieh die Tür zu, wenn du gehst. Loana hat nicht gefragt, wo ich lebe, nicht, wo ich arbeite, nicht, wer ich bin.

Adiós. Und zieh die Tür zu.

Ich stemme mich vorsichtig hoch und setze mich aufrecht hin. Meine Kleidung liegt verstreut im Raum herum. Als ich mein Bein über den Rand des Betts hebe, fährt ein stechender Schmerz durch meinen Unterschenkel. Es muss beim Sprung auf den Kutter passiert sein, vermute ich, und ziehe meinen Slip an, die Hose, die Strümpfe. Meine Schuhe sehen aus, als wäre jemand mit Wucht auf sie gesprungen.

Loana liegt jetzt wieder auf dem Rücken. Die Bettdecke ist zur Seite gerutscht. Sie spricht leise und unverständlich im Schlaf, dreht sich wieder auf die Seite. Ich decke sie zu, hebe mein Jackett vom Boden auf und gehe zur Tür.

Stille. Der Flur liegt dunkel vor mir. Ich lehne mich an die Wand und sinke langsam auf den Teppich.

Sabine

»Haben Sie noch einen Schnaps für mich?«

Herr Johannsen holt aus der Küche eine braune Steingutflasche, aus der er mir einschenkt.

»Wissen Sie, wann ich meinen ersten Schnaps bekommen habe? Es muss mit fünfzehn Jahren gewesen sein. Auf einer Hochzeit der Nachbarn. Meine Tante

Waltraud hat mir einen Apfelkorn eingeschenkt und gesagt, ich sei doch jetzt alt genug und die Welt werde gleich freundlicher aussehen.«

Herr Johannsen lächelt.

»Ich wusste damals nicht, dass der Alkohol fast völlig durch den Apfelgeschmack überdeckt wird, und habe auf der Feier einen weiteren und noch einen getrunken. Mir wurde schwindelig, den Rest habe ich vergessen. Tante Waltraud hat mir am nächsten Morgen erzählt, dass ich sehr lustig gewesen sei.«

Ich hebe das Glas, trinke in einem Zug.

»Das ist der erste Schnaps seit damals. Ich habe nie wieder einen getrunken.«

»Gehen wir jetzt?«, fragt Herr Johannsen.

Ich schaue ihn fragend an.

»Zum Marktplatz. Schreien.«

Ich lache bitter. »Nein, nein, mir ist wieder eingefallen, wie sich ein gutes Mädchen benimmt.«

»Dann zeige ich Ihnen mein Atelier. Das bringt Sie auf andere Gedanken«, sagt Herr Johannsen und hält mir seine Hand hin.

Das Atelier ist größer, als ich vermutet habe. An den Wänden stehen bis zu sechs Leinwände hintereinander. Einige zeigen Landschaftsmotive, andere Porträts, offensichtlich von Inselbewohnern. Auf einer Staffelei steht ein noch unfertiges Ölbild. Herr Johannsen führt mich herum und zeigt mir seine letzten Arbeiten. Als ich nach der Bedeutung einiger Elemente in den Bildern frage, sagt er, dass ihm vor vielen Jahren ein Journalist die gleiche Frage gestellt habe. Seine Antwort sei gewesen, dass er es nicht in Worte fassen, aber aufmalen könne, wenn man ihm einen Pinsel geben würde.

Ich schmunzele über die Antwort. Wir gehen weiter in sein Arbeitszimmer.

»Einmal in der Woche hilft mir Frau Mathiesen mit der Korrespondenz. Ich kenne mich nicht aus mit diesen Computern, und mit der Hand schreiben, scheint ja aus der Mode gekommen zu sein.«

Das Zimmer ist klein. Neben dem Schreibtisch stehen ein Schlafsofa und eine Kommode.

»Es ist auch gleichzeitig mein Gästezimmer. Für meinen Neffen, der mich ab und an besucht, reicht es.«

Ich setze mich auf das Sofa. Mein Abendkleid ist verknittert. Ich versuche, es glatt zu streichen und bemerke dabei einen großen Fleck. Kaffee, denke ich, und im gleichen Augenblick laufen die Tränen. Ich lache dabei, aber die Tränen laufen weiter.

Herr Johannsen reicht mir sein Taschentuch. »Sie bleiben heute Nacht hier. Ich hole Ihnen ein paar Sachen.«

Rainer

Alles tut weh. Der Rücken, das Bein, der Kopf, die Bisse. Ich muss eingeschlafen sein. Hier auf dem Flur. Meine Uhr zeigt zehn nach drei. Das Nachtlicht am Ende des Korridors leuchtet schwach.

Ich erinnere mich. War es ein Traum? Aber der Name. Loana. Ich habe ihn vorher noch nie gehört. Neben mir liegt mein zerrissenes T-Shirt. Die Kanten sehen aus, als seien sie mit der Schere geschnitten worden. Ich taste nach meinem Portemonnaie, ziehe es aus der Tasche, zähle die Scheine und Karten. Alles ist da. Mein Handy? Weg! Ich suche die Taschen noch einmal ab, stehe auf und schalte das Licht im Flur an.

Ich bin zurück in unseren Zimmer, aber Sabine ist nicht da. Der Zettel liegt auf der Kommode. Ich lese ihn ein weiteres Mal, bevor ich nach meinem Handy suche. Sabine wird es gefunden haben, sage ich mir, sie hat es bestimmt gefunden.

Draußen dämmert es, um fünf wird es hell sein. Ich öffne das Fenster und höre das Rauschen in der Ferne. Die Seeluft tut mir gut. Ich verlasse das Zimmer, das Hotel und laufe Richtung Strand.

Ich kann nicht schlafen. Ich habe gerade geschlafen, ich brauche keinen Schlaf, ich brauche nie wieder Schlaf!

Ich ziehe das Shirt hoch, Kratzer und Bissspuren. Überall.

Sabine

Ich wache auf, ertaste die dünne weiche Decke, unter der ich liege. Vor dem Bett: Waschzeug, ein Handtuch und ein Stapel Kleidung. Herr Johannsen, denke ich mir. Die Uhr auf dem Schreibtisch tickt. Es ist kurz vor drei. Ich krieche aus dem Bett. Laufe zur Tür, zurück, wieder zur Tür. Schaue an mir hinab. Mein Kleid ist ruiniert. Ich ziehe es aus und lasse es achtlos auf den Boden fallen. Der Spiegel an der Tür zeigt eine Frau im durchsichtigen Body, nur im Schritt und im Brustbereich dezentes Blumenmuster, schwarz und an den Rändern mit Spitzen besetzt. Ich streife auch den Body langsam ab, werfe ihn zum Kleid.

Herr Johannsen hat mir eine Auswahl an Wäsche und Kleidern zurechtgelegt. Es muss von seiner verstorbenen Frau sein. Er hat mir gesagt, dass sie ungefähr meine Größe gehabt hätte. Ich nehme einen Slip in Beige und ein Sommerkleid mit Blumen. Meine Pumps stelle ich neben den Schreibtisch. Rainers Handy liegt hier. Ich lese erneut die SMS und lege das Telefon zurück, hole es wieder, wähle. Nach dem dritten Klingeln hebt jemand ab.

»Rainer, endlich! Warum hast du nicht geantwortet?«

Ich lege auf, aber im nächsten Augenblick klingelt es bereits. Ihr Name auf dem Display. Ich warte, bis das Handy verstummt. Stille. Wieder das Klingeln. Dieses Mal hebe ich ab.

»Alice hier, Rainer, bist du da?«

»Nein«, sage ich laut.

»Wer – ist da?«, kommt es zögerlich zurück.

»Ich.«

Schweigen.

»Sie sind – Rainers Frau?«

»Warum?«

Wieder das Schweigen, dann die Frage: »Warum, was?«

»Warum machen Sie das?«

Ich höre sie atmen, warte. Dann klickt es.

Ich sinke auf dem Schreibtischstuhl in mich zusammen. Schreie in mich hinein. Warum ich? Wiederhole es, immer wieder, leise vor mich hinmurmelnd. Dann dieser Satz: *Nicht mit mir, nicht mit mir, nicht mit mir!*

Irgendwann fällt mein Blick auf den Computer. Ich drücke planlos den Startknopf, warte, bis der Bildschirm aufleuchtet, und schiebe die Maus hin und her.

Ich öffne das Schreibprogramm, tippe.

Sind Männer so?

Ich vergrößere die Buchstaben, hundert Punkt, hundertfünfzig. In jeder Zeile steht ein Wort. Ich drucke das Blatt aus. Lege es auf den Boden. Schreibe erneut.

Warum können Männer nicht lieben?

Das ausgedruckte Blatt lege ich neben das erste, schreibe wieder.

Fühlen Männer nichts?

Ich breite immer mehr Blätter auf den Dielen aus, bis der ganze Zimmerboden zu einem Buchstabenmeer zusammenwächst.

Das letzte Blatt.

Warum wir, Rainer?

Es sind meine Schreie.

Ein Zimmer voller Schreie.

Sonntag

Rainer

Sonnenaufgang. Ich war alleine am Strand. Es fehlte etwas. Die Sonne, die Menschen, das Wasser?

Jetzt stehe ich am Hafen und schaue dem morgendlichen Kampf der Sonne zu. Der Horizont ist rot. Eine Reihe von Möwen kauert auf dem Kai. Jetzt fliegt eine hoch, umkreist mich in großem Bogen. Die nächsten zwei folgen.

»So früh am Morgen?«, fragt jemand hinter mir. Ich drehe mich um. Enno grinst mich an. Ich habe nicht gehört, wie er gekommen ist, und bin erstaunt, dass er Hochdeutsch spricht.

Er stellt sich neben mich, blickt nach oben, dann zum Horizont. Er holt eine Pfeife aus einer seiner vielen Taschen, die außen an seiner blauen Hose angebracht sind. Die Pfeife ist schmal und lang. Er fängt an, sie zu stopfen, klemmt sie zwischen seine Lippen und zündet ein Streichholz an, das er an den Pfeifenkopf hält.

»Und die Frau?«

Ich zucke mit den Schultern, sage, ohne den Blick vom Wasser zu nehmen: »Das ist gerade mein kleinstes Problem.«

»Verstehe.«

Ich weiß nicht, was Enno daran versteht, ich bin mir nicht einmal sicher, ob ich es verstehe, aber es ist mir egal.

»Frühstück?«, fragt Enno nach einer Weile. »Du brauchst was zwischen die Kiemen.«

Widerspruch scheint es für Enno nicht zu geben. Ich folge ihm. Er ist etwas einfach gestrickt, aber besser, als hier mutterseelenallein auf das Wasser zu starren, ist ein Frühstück bei ihm allemal.

Sein Haus liegt abseits der üblichen kleinen Backsteinbauten, die aussehen, als wären sie in der Mitte des letzten Jahrhunderts errichtet worden. Es ist klein, aus grobem, weiß gekalktem Stein. Die Farbe blättert an vielen Stellen ab und das Mauerwerk beginnt zu bröckeln. Das Dach, weit nach unten gezogen, ist mit alten Ziegeln gedeckt.

Enno schließt die dunkelgrün lackierte Tür auf. Er schaut mich verschmitzt an. »Im Sommer schließe ich immer ab, die Touristen, naja, so viele …«

»Achtzigtausend pro Jahr«, antworte ich geistesabwesend.

»Wat möt, dat möt«, sagt Enno, geht in den kleinen schmalen Flur und winkt mir zu. »Dann komm rein, ich beiße nicht.«

»Das können andere sicher auch besser«, murmele ich.

»Jojo«, kommt es aus dem Raum, in dem Enno gerade verschwunden ist.

Ich betrete die Küche. Sie ist winzig, ein alter Herd, ein Kühlschrank, ein Tisch, nichts passt zusammen, nicht einmal die beiden Stühle. Enno setzt Wasser auf, holt Teller, Tassen und Besteck.

»Nu?«, sagt er, schneidet von einem Graubrot dicke Scheiben ab, um sie zusammen mit der Butter auf den Tisch zu stellen. Er wartet eine Weile auf meine Antwort, bevor er sich zum Herd umdreht, die Eier in die Pfanne schlägt und den Tee aufgießt.

Was soll ich diesem Mann sagen, der seine Pudelmütze nicht einmal in der Küche absetzt? Der offensichtlich keine andere Arbeit hat, als Touristen über das Meer zu schaffen oder irgendwelche Fische aus dem Wasser zu ziehen. Und das alles mit diesem kleinen lächerlichen Boot.

»Es ist schwer zu erklären«, sage ich, nehme mir ein Brot und bestreiche es mit Butter.

Enno, der mir ein Stück Schinken und zwei Spiegeleier obendrauf legt, nickt.

Sabine

Warum wir, Rainer?

Das Blatt gleitet aus dem Drucker. Ich hole es heraus und lege es auf den letzten freien Platz. Ich tauchte ein in die vielen Worte und Fragen. An wen? Rainer? Mich? In der Ferne höre ich den Drucker. Denke, *ich* drucke doch nicht mehr, und schaue auf das nächste Blatt. Alles verschwimmt zu einem großen Buchstabenbrei. In der Mitte die letzte Frage. Ich knie nieder, sammele langsam Blatt für Blatt ein und streiche sie glatt.

Das Brummen, es endet nicht. Ich drehe mich um, sehe Papier, das sich im Drucker türmt und über die Auffangmulde geschoben wird. Ich krabbele hinüber, suche den Schalter. Das Gerät verstummt. Ich lege die vielen Blätter mit der letzten Frage aufeinander, will sie den Papierkorb werfen, zögere aber und klemme mir die Seiten unter den Arm. Im Gehen greife ich nach einer Tesafilmrolle und dem Hefter und verlasse das Haus durch den Hintereingang. Durch diese Tür könne ich gehen und kommen, wann immer ich wolle, hatte Herr Johannsen zu mir gesagt.

Ich laufe, Slurpad, Noorderlog, irgendwann der Westerlog bis zum Hafen. Am Ende habe ich nur noch ein Blatt in der Hand. Ich setze mich auf eine Bank. Starre die Buchstaben an.

Und jetzt, frage ich mich und finde keine Antwort.

Als die Wut zurückkommt, klebe ich den letzten Zettel an der Rückseite der Bank fest.

Rainer

Das Schinkenbrot mit dem Ei schmeckt mir. Ich trinke die zweite Tasse Tee.

»Kommt alles von meinem Schwager«, erklärt Enno. »Der hat einen Hof auf dem Festland.«

»Aha«, sage ich.

»Der Bruder meiner Frau.«

»Klar.«

»Sie ist tot.«

Ich spüre, dass ich rot werde.

»Krebs! Dieser verdammte Krebs hat Berta kaputt gemacht.«

»Das tut …«

»Ich hab den Kutter verkauft damals. Bin an Land geblieben.«

Ich starre auf meine Hände, nicke.

»Es hat drei Jahre gedauert.«

»Wann ist sie gestorben?«, frage ich endlich.

»Vor vier Jahren. In zwei Wochen ist der Tag – also –, der Tag, an dem sie …«

Ich sehe Enno an, zum ersten Mal. Erst jetzt bemerke ich sein Alter. Der Bart, die Mütze, mehr hätte ich nicht über ihn sagen können. Ich sehe seine Augen, sie sind nicht alt und nicht jung, es ist etwas anderes. Sind sie traurig oder hoffnungslos? Sabine würde es wissen.

»Und deine Frau?«, fragt Enno in die Stille hinein.

»Ich habe heute Nacht – ich war allein und – diese Frau – und dann …«

»Verstehe«, sagt Enno. Er hebt seine Tasse zum Mund, probiert und wirft behutsam ein weiteres Stück Kluntje hinein. »Und nu?«

Ich schüttele den Kopf. »Nichts. Es ist nichts passiert.« Ich schaue auf meine Uhr. Es ist kurz nach sechs.

»Ich muss gehen«, sage ich und stehe abrupt auf. »Danke für die Einladung!«

Vor der Tür versuche ich, mich zu orientieren, gehe die erste Straße hinunter, biege ab in den Noorderlog. An einem Baum ein Blatt mit entsetzlich großen Buchstaben. Ich kann es noch nicht lesen. Nur drei Worte? Jetzt. Ich bleibe stehen.

Sabine

Ich sitze in der Küche von Herrn Johannsen. Er kocht Tee. Als ich von meinem morgendlichen Ausflug zurückkam, bereitete er gerade das Frühstück vor. Es ist für zwei Personen gedeckt.

»Und wenn ich nicht gekommen wäre?«

»Sie sind doch gekommen.« Herr Johannsen schenkt den Tee ein. »Sie haben schon Pläne für heute?«

»Nein.« Ich höre mein Nein, denke: Pläne, habe ich noch Pläne? Für heute Nachmittag war die Rückfahrt gebucht. Wohin? Ich fahre nicht mit!

»Nein«, sage ich noch einmal. »Ich weiß weder, was ich heute noch was in den nächsten Tagen machen werde.«

»Es wird sich was finden«, sagt Herr Johannsen.

»Klar, ich bleibe einfach hier und warte.«

»Warum nicht.«

»Und mein Mann?«

»Der wird sicher alleine nach Hause finden.«

Herr Johannsen reicht mir das Brot. Ich nehme es, bestreiche es mit Butter und Erdbeermarmelade. Es schmeckt nach längst vergangenen Zeiten. Als ich klein war, kochte meine Mutter jedes Jahr Unmengen von Marmelade ein. Ich saß am Tisch und schaute zu. Es gefiel mir, wie selbstverständlich Mutter sich zwischen den vielen Gläsern und dampfenden Töpfen hin und her bewegte. Ich sah, dass sie in ihrer Arbeit aufging, sah, wie liebevoll sie jedes einzelne Glas beschriftete und sorgfältig in eine Holzkiste stapelte. Vor zwei Jahren starb sie, nur drei Monate nach meinem Vater. Ich glaube, ich habe ihr nie gesagt, wie sehr ich ihre Marmelade geliebt habe.

»Wenn Sie erlauben, würde ich Sie gerne malen«, sagt Herr Johannsen. Er sagt es, als sei es das Natürlichste der Welt, eine ganz normale Frage in einer ganz normalen Welt.

Ich lehne erstaunt ab. »Sie finden hier sicher interessantere Motive.«

»Dann würde ich vorschlagen, Sie malen mich.«

Ich lache laut auf. »Das ist nicht Ihr Ernst?«

»Nicht als Akt. Dafür sind Sie fünfzig Jahre zu spät zu mir gekommen.«

»Ich werde es mir überlegen. Die erste Sache natürlich.«

Er schenkt Tee nach, erzählt von seinen ersten Porträts und der langen Suche nach dem Eigenen in seinen Bildern. Und von den ständigen Selbstzweifeln, von denen er selbst heute nicht frei sei.

»Wenn ich bei meinen Bildern das Gefühl hätte, die Arbeit sei vollkommen, würde ich für immer aufhören. Es wäre nichts mehr zu erreichen, mein Weg wäre beendet«, sagt er. »Manchmal vermute ich, das gilt auch für alles andere im Leben.«

»Und während Sie malen, denken Sie dabei nicht, dass es das Beste ist, was Sie je gemacht haben?«

»Aber ja, sonst könnte ich gleich den Pinsel zu Seite legen. Nachdem ich die Arbeit beendet habe, dauert es aber nicht lange und ich nehme Abschied. Jeden Tag ein Stück mehr. Und dann kommt die nächste Arbeit, die mich voll und ganz fordert.«

Wir sitzen schweigend am Tisch, trinken unseren Tee. Herr Johannsen scheint keine Eile zu haben, und ich habe das Gefühl, als ob wir den ganzen Tag hier sitzen könnten.

Mit Rainer ist das anders. Ich glaube, er empfindet das Frühstücken als störend, Zeitverschwendung, oder denkt, es sei sogar überflüssig. Trotzdem bleibt er an unseren freien Tagen morgens am Tisch sitzen, bis ich aufstehe, um abzudecken. Warum eigentlich? Weil ich es von ihm erwarte?

Seit Janus nicht mehr im Haus wohnt, steht Rainer während der Woche ohnehin früh auf, trinkt nur einen Kaffee und fährt zur Arbeit. In den meisten Fällen werde ich wach, sehe, wie er aus dem Zimmer schleicht und vorsichtig die Tür schließt.

Ich bleibe liegen. Warum? Warum drehe ich mich um, schlafe wieder ein und träume Dinge, die so schrecklich sind, dass ich sie niemandem erzählen kann, und sitze später alleine am Frühstückstisch, mit lauter Musik und der Zeitung in der Hand. Auch wenn Rainer nicht da ist, ist er da. Warum?

Herr Johannsen steht auf, um neues Teewasser auf den Herd zu stellen. Eine Fliege krabbelt auf meinen Teller, saugt an einem Brotkrümel, läuft weiter. Ich beobachte sie, wie sie sich putzt, wieder hochfliegt und nach einer Runde auf meiner Hand landet. Es kitzelt.

Rainer

Ich verstehe nicht, was diese Zettel sollen. Alle zwanzig Meter ein neuer, mit stets der gleichen Frage. Ich komme mir vor wie in einem Albtraum.

Sabine kann das nicht gewesen sein. Warum auch? Sie hat doch nichts mitbekommen oder mich mit Loana beobachtet. Wir saßen weit hinten in der Ecke, schlecht einsehbar für alle, die das Restaurant betraten. Ohnehin ist nach uns niemand mehr gekommen, da bin ich mir sicher. Und aufs Zimmer sind wir getrennt gegangen.

Es kann nicht Sabine sein.

Wieder ein Baum.

Warum wir, Rainer?

Ich reiße das Blatt ab, zerknülle es, während ich zum nächsten Baum eile. Laufe zum Hotel, renne die letzten Meter, den Schlüssel in der Hand, und öffne die Tür. Aber Sabine ist nicht da. Ihre Nachricht von heute Nacht liegt auf dem Tisch. Ich hebe das Blatt auf, lese beiläufig und will es wegwerfen, als ich im letzten Augenblick feststelle, dass der Text ein anderer ist.

Rainer, ich brauche ein paar Tage für mich allein. Fahr ohne mich nach Hause. Mach dir keine Sorgen! Ich melde mich. Sabine

Ich stutze. Ist das Sabines Handschrift? Nein. Oder doch? Der Text sieht merkwürdig aus, wie in unglaublicher Eile geschrieben. Oder unter Druck? Ist sie entführt worden? Warum? Von wem? Habe ich zu wenig geschlafen? Zu viel getrunken?

Etwas in mir hebt vom Boden ab, nicht weit, aber ich kann nicht wieder zurück. Ich mache mich schwer, stampfe, lasse mich fallen. Es funktioniert nicht, ich schwebe. Es ist ein Gefühl, als würde nicht ich entscheiden. Mein Kopf, alles um mich herum bewegt sich, schnell, unglaublich schnell, als stünde ich im Auge eines Tornados. Innen Stille, außen wird alles mit ungeheurerer Wucht in die Luft geschleudert.

Ich setze mich auf das Bett, klammere mich am Holz fest und warte. Lange. Plötzlich spüre ich mich wieder, hebe meine Hand, kontrolliere die Finger, nach rechts, nach links.

Es ist vorbei. Ich lasse mich fallen und liege eine Ewigkeit auf der Matratze.

Ich wache auf. Es ist kurz nach acht Uhr und die Sonne scheint in das Zimmer. Ich erinnere mich, setze mich aufrecht hin. Rufe leise Sabines Namen. Im Badezimmer, ihre Sachen, überall der schwache Duft ihres Parfüms. Der Koffer und achtlos daneben der schwarze Slip.

Ich stehe vor einem Herrn im schwarzen Anzug, der Tresen zwischen uns. Er scheint darauf zu warten, dass ich mein Anliegen vortrage.

»Meine Frau?«, frage ich schließlich.

»Guten Morgen, wie kann ich Ihnen behilflich sein?«

Ich warte auf die weiteren Ansagen, die Aufforderung, eine Taste zu drücken oder die Kundennummer zu nennen.

»Meine Frau ist weg.«

»Ich verstehe.«

»Was verstehen Sie?«, frage ich zu laut.

»Ihre Frau ist bereits abgereist?«

»Das weiß ich doch nicht!«, schreie ich den Mann an.

»Aber wie kann ich Ihnen helfen?«, fragt er ruhig.

Ich will weiterschreien, öffne meinen Mund und bewege die Lippen. Nichts. Wieder dieses fragende Gesicht. Ich wende mich ab, gehe zwei Schritte, drehe mich erneut um.

»Ich brauche das Zimmer noch länger.«

»Einen Augenblick bitte.« Der Mann schaut angestrengt auf den kleinen Bildschirm vor ihm, tippt etwas ein und fixiert mich dann mit seinen leeren Augen. Er zieht theatralisch die Mundwinkel hoch, um ein Lächeln anzudeuten und sagt in seinem immer gleichen Tonfall: »Es tut mir leid. Wir haben Hochsaison und sind schon Monate im Voraus ausgebucht. Aber bis morgen früh ist das Zimmer noch frei.«

»Aber, das kann ...«

Wieder dieser Blick. »Darf ich Sie dann einbuchen?«

Ich nicke, drehe mich um. Laufe.

Das Handy, Sabine hat doch mein Handy. Die Tür, meine Hand, sie zittert, der Schlüssel, er passt nicht, jetzt, ich haste zum Telefon, tippe, warte, kein Ton – dann:

»The person you've called is temporarily not available.«

Sabine

Ich sitze auf einem Stuhl im Atelier. Herr Johannsen bereitet die Leinwand vor. Jetzt greift er nach einem Zeichenstift. Ich erahne die Bewegungen, höre das leise Kratzen, manche lang und schnell, andere kurz und vorsichtig. Immer wieder schaut er zu mir hoch.

»Sie können sich gerne bewegen. Das ist kein Problem.«

»Ich wollte es Ihnen einfacher machen.«

»Ich fertige keine Fotografie an, mein Kind. Das können diese Apparate schon lange besser als wir Maler. Die Details kommen später, im Moment suche ich.«

Ich blicke ihn fragend an.

»Ich suche Sie, das, was Sie wirklich ausmacht. Ich suche nach einer Stellung, einer Bewegung, einem Blick. Nach Ihnen.«

»Sie kennen mich doch gar nicht.«

Herr Johannsen zeichnet weiter. Es scheint, als habe er meinen Einwand nicht gehört. Jetzt legt er den Stift zu Seite, sortiert zunächst seine Pinsel, geht dann zu einem kleinen Schrank, an dem er Schubladen auf und wieder zu zieht.

»Sie haben recht, ich weiß nicht, wann Sie geboren wurden, was Sie von Beruf sind, ob Sie Kinder und wann Sie geheiratet haben oder wie Ihr Mann heißt. Aber sind diese Dinge so wichtig?« Er unterbricht seine Ausführungen und trägt die zusammengesuchten Malutensilien zur Staffelei. »Ich suche den Menschen hinter der Fassade«, sagt er, greift zur Palette und trägt unterschiedliche Farben mit einem Spachtel auf.

Und ich? Ich sitze hier auf einer Insel, im Atelier eines alten Malers, während die letzten Stunden durch mich hindurchfließen. Ich sehe Rainer am Bug des Boots, mich, wie ich zwei Meter vor ihm ängstlich das Holz umklammere, wieder Rainer, wie er Enno auf die Schulter klopft, und mich, wie ich den Noorderlog hinunterlaufe und die Schreie befestige.

Ich versuche, mich zu erinnern, an unsere ersten Wochen, Monate, Jahre. Rainer studierte Architektur, ich besuchte die Krankenpflegeschule. Wir lernten uns auf einer Fete eines gemeinsamen Freundes kennen, der eigentlich ein Bekannter meiner Freundin war, die wiederum nicht alleine zur Feier wollte und keine Ruhe gab, bis ich sie begleitete. Wir kamen spät in der großen Altbauwohnung an. Meine Freundin hatte mir gesagt, dass sie nicht die Erste sein wollte, da würde man nur von Jungs angestarrt werden, die eine Frau für die Nacht suchen und am nächsten Morgen nicht einmal mehr ihren Namen kennen. Von solchen Typen hätte sie die Nase voll.

Ich wuchs in einer abgelegenen Kreisstadt in Schleswig-Holstein auf, in der ich auch zur Schule gegangen war. Ein Jahr zuvor hatte ich hier mein Abitur bestanden. Jetzt wohnte ich in dem Schwesterwohnheim des Krankenhauses und fuhr jedes Wochenende zu meinen Eltern. Die Bahnfahrt am Freitagnachmittag dauerte über zwei Stunden, am Sonntag nach dem Mittagessen brachte mich mein Vater wieder zum Bahnhof. Statt meinen Eltern von der Fete am Freitagabend zu erzählen, hatte ich als Ausrede einen Ausflug mit der Schule erfunden.

Die Tür stand offen, die Musik schallte uns laut entgegen. In jedem der fünf Räume standen Unmengen von Menschen herum, unterhielten sich, rauchten, tranken. Jemand drückte mir eine Flasche Bier in die Hand, und als meine Freundin eine Bekannte in der Menge fand, rief sie mir zu, dass sie gleich wiederkäme.

Ich stand da, trank mein Bier und ertrug die schrille, laute Musik, während ich auf meine Freundin wartete. Sie kam nicht, und nach einer halben Stunde lief ich nach ihr suchend durch die Räume. Irgendwann entschloss ich mich, ins Wohnheim zurückzugehen. Meine

Jacke lag mit vielen anderen auf einem Bett. Ich wühlte in dem großen Kleiderberg, fand sie schließlich und als ich mich plötzlich aufrichtete, stieß ich mit jemandem zusammen. Es war Rainer.

Rainer

»Ja?« Karls Stimme klingt ärgerlich.

»Ich bin es, kannst du kommen?«

»Rainer?«

»Ja, wer sonst?«

»Kommen?«

»Ja – nach Spiekeroog, Sabine ist weg. Ich weiß nicht, was ich machen soll.«

»Klar, ich bin schon auf dem Weg. Einen Augenblick noch.« Karl lacht. »Bist du jetzt total durchgeknallt?«

Ich versuche, langsam und ruhig zu erzählen, was passiert ist, und bitte Karl, mit dem ersten Schiff nach Spiekeroog zu kommen.

»Wenn du gleich losfährst, kannst du es noch schaffen«, füge ich hinzu.

Karl schweigt einen Moment.

»Eigentlich hatte ich etwas anderes vor ...«

»Karl!«

»Schon gut, Rainer. Ich fahre.«

Er legt auf, und ich stehe mit dem Hörer in der Hand verlassen da. Durch das Fenster beobachte ich eine Möwe. Einzeln und aus der Ferne sehen sie harmlos aus, manchmal sogar elegant, wenn sie sich von dem Wind in die Höhe ziehen lassen. Kommt man ihnen nahe, zeigt sich ihre wahre Größe. Dieser Riesenschnabel und die toten, gelb umrandeten Augen machen mir Angst.

Ich lege den Hörer auf, setze mich auf den Stuhl. Springe unvermittelt wieder auf. Packe den Koffer. Wie immer haben wir ihn aufgeteilt, Sabine die eine, ich die andere Seite.

Kofferpacken ist Sabines Aufgabe. Sie fragt mich, was ich mitnehmen möchte, wäscht es oder bringt es rechtzeitig zur Reinigung. Anschließend legt sie alles sorgfältig hinein, befestigt es mit Gurten und verschließt den oder die Koffer. Zum Schluss stellt sie das Zahlenschloss ein.

Ich lege ein T-Shirt zusammen, aber es sieht anders aus als wie bei Sabine. Ich versuche es erneut, aber der eine Ärmel klappt wieder heraus. Ein dritter Versuch. Ich schaffe es nicht, nehme eines von Sabines Shirts aus dem Koffer, um es vorsichtig auseinanderzufalten und mir dabei jeden der Schritte einzuprägen. Ein vierter Versuch, aber auch er scheitert. Ich richte mich auf, mein Rücken schmerzt. Das Zimmer ist leer.

Sabine

Ich denke immer noch über das erste Zusammentreffen mit Rainer nach. Er hat mir nie gesagt, ob es Zufall war, dass er dort stand. Wir stießen zusammen, ich strauchelte, hielt mich im Fallen an ihm fest, und am Ende lagen wir beide im Kleiderstapel.

»Ich wollte auch gerade gehen«, sagte er. »Darf ich mitkommen?«

Ich war nicht vorbereitet auf diese Frage und nickte nur verwundert. Wenige Minuten später liefen wir nebeneinander her. Immer wieder trafen sich unsere Blicke wie zufällig, Rainer lächelte, fragte irgendwann, ob ich noch mit ihm käme, er kenne eine urige Kneipe und es sei doch noch früh. Als ich nicht antwortete, grinste er. »Die Musik dort ist auch leise.«

Ich lachte. »Woher weißt du?«

»Ich war schon da«, antwortete er.

»Ich meine, dass ich keine laute Musik mag.«

Rainer wurde rot, wendete sich von mir ab und zeigte in eine Seitenstraße.

»Wenn wir in die Kneipe wollen, müssen wir hier lang.«

Ich weiß nicht mehr, wie lange wir uns an diesem Abend unterhalten haben. Ich hörte Rainer zu, seine Stimme gefiel mir und seine kleinen Geschichten und seine lachenden Augen. Es muss weit nach Mitternacht gewesen sein, als Rainer bezahlte und wir die Gaststätte verließen. Wir standen vor der Tür, als er plötzlich und mit einer ausholenden Handbewegung sagte: »Ist das nicht eine schöne Stadt? Gehen wir zu mir oder zu dir?«

Ich war wieder nicht vorbereitet, schon gar nicht auf diese Frage, und antwortete ohne nachzudenken: »Ich wohne im Schwesternwohnheim.«

»Dann also zu mir«, sagte Rainer, nahm meine Hand und zog mich mit.

Rainers Zweizimmerwohnung, in der er zusammen mit Karl wohnte, lag nicht weit entfernt, sodass ich schon kurze Zeit später verlegen auf dem Rand seines Betts saß. Rainer hatte Musik angestellt, ich bin mir fast sicher, dass es eine Platte von Leonard Cohen war, und kniete sich vor mich hin, legte seinen Kopf auf meine Beine und summte leise den Titel mit. Ich blieb erstaunt sitzen und rührte mich nicht. Irgendwann drehte sich Rainer zu mir um, lehnte sich mit dem Rücken an meine Beine und schien zu warten. Ich nahm eine Strähne seines schulterlangen Haars, spielte damit und fing an, mit einer Hand vorsichtig seinen Kopf zu kraulen. In dieser Stellung verharrten wir, bis der Arm des Plattenspielers mit einem lauten Klick in seine Grundstellung zurückfuhr.

Rainer legte eine neue Platte auf und setzte sich anschließend zu mir auf das Bett. Er sah mich lange an, dann streichelte er meine Wange und küsste mich vorsichtig auf die Lippen.

In meinem Heimatort war ich über zwei Jahre mit einem Jungen befreundet gewesen. Wir trafen uns an den Wochenenden, gingen in die Disco oder zu Freunden und hörten Musik. Heute kommt es mir so vor, als hätten wir uns nur selten unterhalten, als schien alles lediglich eine mündliche Abmachung zu sein: Wir gehen miteinander. Was wiederum bedeutete, dass wir uns mit einem Kuss begrüßten, hin und wieder in einer dunklen Ecke zusammensaßen, dem anderen die Zunge in den Mund steckten und so taten, als seien wir erregt, wenn die Hand des anderen über bestimmte Körperteile streichelte. Weiter sind wir nie gekommen. Auch wenn wir es gewollt hätten – wo, wie, wann? Ich glaube, Kondome bekam man zu dieser Zeit nur in der Apotheke, und keiner von uns hätte es gewagt, dort danach zu fragen.

Rainers Küsse waren zärtlicher und gleichzeitig intensiver. Er zog mir den Pullover aus, öffnete geschickt meinen BH, liebkoste meinen Bauch, bevor er langsam den Reißverschluss meiner Jeans öffnete. Ich hielt ihn nicht auf und ließ alles geschehen, bis wir beide nackt auf dem Bett lagen, eng aneinandergeschmiegt. Rainer streichelte mich überall, sanft, liebevoll, einfühlsam. Hunderttausende Punkte unserer Körper berührten sich, alles in mir schien zu vibrieren, zu kibbeln, zu explodieren. Ein Rausch, an den ich mich selbst heute noch erinnere.

Irgendwann die Frage, Rainers Frage: »Willst du mit mir schlafen?« Ich antwortete nicht, konnte nicht antworten, verstand zwar die einzelnen Worte, fügte sie auch mühsam zu einem Satz, einer Frage zusammen und wiederholte diese immer wieder in Gedanken, doch vergebens, sie ergaben keinen Sinn für mich.

Rainer bemerkte nicht, dass ich zögerte, und nahm mein Schweigen als Zustimmung. Ich wehrte mich nicht, warum auch, ich hatte keine Angst, fühlte mich sicher in seinen Armen und ließ mich fallen.

Was dann kam, war kurz, vielleicht Sekunden, vielleicht auch eine oder zwei Minuten. Ich lag auf dem Rücken, als er in mich eindrang, sich bewegte, erst langsam, dann rhythmisch. Sein Atem wurde schnell, er stöhnte und blieb erschöpft auf mir liegen. Ich weiß nicht mehr, was ich empfand, weder dabei noch danach. Aber ich weiß noch, dass ich Rainer, als er wieder neben mir lag, in den Arm nahm und seinen Kopf streichelte.

Kurze Zeit später schlief er ein. Ich blieb wach und beobachtete durch das Fenster den Sonnenaufgang.

Und fragte mich, ob ich gehen oder bleiben sollte.

Rainer

Ich laufe. Es ist früher Vormittag. Die genaue Zeit kenne ich nicht, da meine Uhr zum ersten Mal seit sechs Jahren stehen geblieben ist. Sie war ein Weihnachtsgeschenk von Sabine, stoßfest, wasserfest und ich glaube, ziemlich teuer.

Mir kommen viele Menschen entgegen. Ich vermute, dass die erste Fähre angelegt hat. Kinder schreien, die Eltern auch, und alle haben diese merkwürdigen Sonnenmützen auf. Die Großen ziehen Bollerwagen hinter sich her, auf denen die Kinder sitzen. Hin und wieder dreht sich eine Mutter oder ein Vater um, gibt Anweisungen und geht weiter.

Ich erreiche Ennos Haus. Er sitzt draußen auf der Bank und raucht. Als er winkt, öffne ich die Gartentür.

»Do büst du jo woller«, sagt er und rückt zur Seite. Ich setze mich.

»Has din Fru funnen?«

»Nein.«

Enno schweigt, zieht an seiner Pfeife. Ein alter Mann kommt, grüßt, setzt sich zu uns und holt eine Zigarre aus seiner Jackentasche. Es ist nur noch ein Stummel, den er sich zwischen die Lippen klemmt und mit einem alten Sturmfeuerzeug anzündet. Der Mann sagt etwas, Enno nickt, der Mann auch.

Der Besucherstrom zum Strand hält weiter an. Ich beobachte die Menschen auf dem Hauptweg der Insel, der weit genug entfernt ist, um die Geräusche der Menge nicht zu uns dringen zu lassen, und nah genug, um die dort Gehenden zählen zu können.

»Im Winter muss es hier schön sein«, sage ich.

Die beiden Männer schweigen.

»Wenn diese Touristen nicht mehr einfallen, meine ich.«

Beide Männer nicken.

Ich spüre, dass ich rot werde, und drehe meinen Kopf zur Seite.

»Meine Uhr ist kaputt, weiß jemand, wann die Fähre kommt?«

»Dauert noch«, antwortet Enno ohne aufzublicken.

»Danke«, sage ich, lehne mich zurück und schließe meine Augen.

Es wird heiß heute. Wo ist Sabine nur? Warum meldet sie sich nicht? Es wird heute sehr heiß. Meine Gedanken drehen sich im Kreis.

Der alte Mann steht auf und geht.

»Wir sind zusammen auf meinem Kutter gefahren«, sagt Enno und zieht wieder an seiner Pfeife. »Guter Mann«, fügt er hinzu.

Dieses Mal nicke ich. Ich atme die Seeluft tief ein, höre die Möwen kreischen und sehe dem feinen, weißen Sand zu, der vom Wind vor unseren Füßen aufgewirbelt wird. Die ansteigende Wärme des Tages kriecht meine Beine hinauf zum Rücken hoch. Ich werde müde.

»Die Fähre kommt«, sagt Enno. Er reckt sich, stemmt sich hoch. Ich bleibe sitzen, einen Augenblick, springe abrupt auf und laufe ihm hinterher.

Sabine

Ich liege auf dem Schlafsofa, drehe und strecke mich. Die Uhr auf dem Schreibtisch tickt. Es ist Mittag.

Dieser Traum, war es wirklich ein Traum? Ich sehe alles genau vor mir, den Strand, Rainer, diese Frau.

Ich war atemlos zum Strand gelaufen und irgendwann auf Rainer gestoßen. Er lag nackt neben einer jungen Frau, deren Körper makellos war. Ich starrte sie an, ihre Zehennägel, die lang, zweifarbig lackiert und mit kleinen Schmucksteinchen verziert waren. Ich sah die nicht enden wollenden Beine, den Bauchnabel, diesen unglaublich weißen Hals und ihre Ohren.

»Sabine«, rief Rainer. »Ich wusste, dass du kommst. Hier ist noch Platz. Zieh dich doch aus.«

»Warum sollte ich?«, schrie ich ihn empört an.

»Du hast doch einen wunderschönen Körper«, antwortet Rainer lächelnd.

»Und du? Dein Bauch ist widerlich.«, fauchte ich ihn an.

»Ich bin ein Mann«, sagte Rainer ruhig.

Es stimmt, dachte ich, er ist ein Mann. Als ich anfing, mich auszuziehen, nahm ich den Rhythmus der Musik auf, die aus der Nähe zu uns herüberklang, schwang die Hüften und drehte mich dabei. Dann öffnete ich geschickt meine Bluse, Knopf für Knopf, und zog sie schließlich, nach einem Schwenk über den Kopf, elegant aus. Sie flog und landete neben Rainer auf dem Gesicht der makellosen Frau. Rainer lachte kurz auf, klatschte. Wieder eine Drehung, der Griff nach hinten zum BH. Dunkelrot. Der Rock, ich wirbelte herum, wieder und wieder, bis der Stoff sich von mir trennte. Ich stand nackt vor Rainer, fiel auf die Knie. »Voilà!«, schrie ich und riss die Arme hoch.

»Du bist einmalig«, sagte Rainer. »Ich liebe dich.«

Die Frau neben ihm regte sich, zog meine Bluse von ihrem Gesicht und streckte ihre Hand zu Rainer aus: »Liebster, ich brauche dich. Vögel mich bitte.«

»Einen Augenblick, meine Schöne. Ich bin sofort bei dir.«

Rainer zog mich zu sich. »Es geht ganz schnell«, flüstere er mir ins Ohr.

Ich nickte. »Sei vorsichtig, tu ihr nicht weh.«

»Aber Sabine! Du weißt doch, wie zärtlich ich sein kann.«

»Du hast recht«, sagte ich und streichelte ihm sanft über den Kopf. Rainer gab mir einen Kuss auf meinen Bauchnabel und streichelte meinen Busen. Dann fuhr seine Hand weiter nach unten.

»Jetzt geh schon«, sagte ich. »Sie wartet doch.«

Rainer wendete sich der makellosen Frau zu, die bereits auf dem Bauch lag. Sie streckte ihm ihren Po entgegen und ließ langsam ihre Beine auseinandergleiten. Rainer fiel auf die Knie, um mit elegantem Schwung in sie einzudringen. Er zog ihren Unterkörper zu sich her und stieß sich wieder ab. Schrie auf. Die Frau sank in sich zusammen und lag ruhig da. Rainer richtete sich auf und schaute wie ein Feldherr zu allen Seiten über den Strand, bevor er sich zu mir legte.

»Wie war ich?«, fragte er.

Ich hatte die Szene mit wachsendem Unbehagen beobachtet. Jeder von Rainers Stößen traf mich tief im Inneren, hinterließ kleine blutige Wunden. Anstatt auf Rainers Frage zu antworten, stand ich auf.

»Aber jetzt gehst du mit mir schwimmen, ja?«

»Sicher, Sabine. Du weißt doch, ich kann dir nichts abschlagen.«

Rainer blickte nochmals kurz zur makellosen Frau, die zu schlafen schien. Er wirkte zufrieden.

Als wir Hand in Hand zum Wasser rannten, hatten sich die Menschen am Strand zu einem Spalier aufgestellt und klatschten rhythmisch in die Hände. Ich sah, wie stolz Rainer war, auf sich, auf mich, auf uns beide und bemerkte plötzlich, dass seine helle Hautfarbe dunkler wurde, je näher wir dem Wasser kamen.

»Alles nur eine Frage der Zeit«, rief Rainer im Laufen. »Du wirst sehen, gleich wirst du auch braun.«

Ich nickte und lief wie eine Gazelle so weit ins Wasser hinein, bis ich mich mit einem gewaltigen Kopfsprung ins Meer stürzen konnte. Rainer flog synchron zu mir ins Wasser und tauchte gleichzeitig mit mir wieder auf.

»Das ist Glück«, schrie Rainer. »Sabine, das ist das vollendete Glück!« Er sah mich dabei freudestrahlend an.

In diesem Moment wurde mir klar, dass es nie wieder so sein würde wie in diesem Augenblick. Ich bewegte mich auf Rainer zu, nahm ihn in den Arm und liebkoste ihn. Dann stemmte ich mich mit einer schellen

Bewegung aus dem Wasser, um ihn mit beiden Händen nach unten drücken zu können. In seinem entsetzten Gesicht formten sich die Lippen zu einem »Warum?«. Mir war es egal. Rainers Körper sank wie ein Stein in die Tiefe. Ich legte mich auf den Rücken, planschte kräftig mit den Füßen, bis ich irgendwann den Strand erreichte.

Die Menschen waren nicht mehr da. Nur die makellose Frau lag noch in der gleichen Position in der Sonne. Ich ging zu ihr.

»Rainer kommt bald«, sagte ich. »Sie brauchen nicht mehr lange warten. Er ist immer pünktlich.«

Sie schaute hoch, ohne eine Miene zu verziehen. Ich trocknete mich ab und gab ihr die Hand. »Vielen Dank, dass ich bei Ihnen sein durfte.«

Rainer

Enno und ich schlendern gemächlichen Schrittes Richtung Hafen. Aus der Ferne sehe ich die Fähre in die Bucht einlaufen. Karl steht an der Reling. Er winkt, ich winke zurück. Jetzt legt das Schiff an, Taue fliegen, ich warte. Enno steht immer noch neben mir. Die ersten Menschen kommen aus dem stählernen Rumpf auf uns zu. Ich suche Karl, finde ihn, winke jetzt stürmisch. Er kommt schnell näher und nimmt mich in seine Arme.

»Was machst du nur für Sachen, Alter.«

Ich zucke mit den Schultern. Wir gehen.

»Wer war denn der kleine Mann mit der Pudelmütze?«

Enno, denke ich entsetzt, ich habe Enno vergessen. Ich drehe mich um und hebe meine Hand. Enno nickt.

»Ein Freund«, sage ich.

»So, mein Lieber, was machen wir? Essen? Ich habe einen Bärenhunger. Bin gleich losgestürmt, als du angerufen hast.«

In meinem Hotel finden wir einen Platz im Speisegarten.

»Ist sie hier?«, fragt Karl.

»Wer?«

»Na, diese Frau.«

»Darum geht es doch gar nicht. Sabine ist weg, hast du das nicht verstanden?«

»Nach Hause?«

Ich hole Sabines Zettel aus der Tasche, falte sie auseinander und schiebe sie zu Karl.

»Hat sie einen anderen?«, fragt er.

»Was redest du da?«

»Einen anderen Mann, was sonst?«

»Nein.«

Jemand steht vor unserem Tisch, sagt etwas. Karl zeigt auf die Karte, stellt Fragen, nimmt die nächste Karte, die Getränke vermute ich. »Wo waren wir?«, fragt Karl vergnügt.

»Sabine, Karl, Sabine.«

»Stimmt. Also mal eins nach dem anderen. Wenn ich das richtig verstanden habe, hast du hier ein romantisches Wochenende gebucht, Strand, Essen, Strand, Bett. Als es losgehen soll, legst du eine Frau flach, nur weil Sabine kurz mal nicht da ist und hast jetzt Befürchtung, dass sie etwas gemerkt hat. Alles richtig wiedergegeben?«

»Nein.«

»Aha.«

Es stört mich plötzlich, dass Karl so redet. Gerade er, denke ich mir. Karl hat sich vor zehn Jahren von seiner Frau getrennt und ist schon lange geschieden. Kinder hatten sie keine. Dora, seine Frau, hatte es irgendwann nicht mehr mit ihm ausgehalten, wollte etwas ändern und zu einem Beziehungstherapeuten gehen. Karl verließ sie. Ich traf Dora damals zufällig in einem Café, wir unterhielten uns. Ihre Tränen waren echt, sie weinte wie ein kleines Kind. Ich wollte sie in den Arm nehmen, traute mich aber nicht und blieb sitzen. Irgendwann legte ich meine Hand über ihre. Sie zog sie erschrocken zurück und lief wortlos aus dem Café.

»Also, wie ist dein Plan?«, fragt Karl. Der Wein ist gerade gekommen, Karl probiert, sagt etwas, die Gläser füllen sich.

»Was für ein Plan?«, antworte ich irritiert.

»Sabine verschwunden, suchen, zurück nach Hause, glücklich sein?« Karl hebt sein Glas, stößt mit meinem auf dem Tisch stehenden an. »Exzellent. So lässt sich leben«, sagt er.

Das Essen wird gebracht, steht auf dem Tisch, Karl isst. Ich schiebe meinen Teller zur Seite. Karl kaut, spricht mit vollem Mund: »Vielleicht gehen wir erst mal zum Strand. Hier ist doch ein Strand, oder?«

»Natürlich ist hier ein Strand. Wir sind auf einer Insel, Karl.«

Karl leert sein Teller und lehnt sich weit zurück. Raucht, bestellt einen Espresso.

»Du siehst müde aus«, sagt Karl. »Willst du nicht mit mir mitkommen?«

»Ich muss Sabine finden …«

Karl verdreht seine Augen. »Sag ich doch, wir gehen zum Strand. Wo soll sie sonst sein?«

»Karl, hör auf damit. Es ist wirklich ernst. Was soll ich nur machen?«

»Bist du sicher, dass du hier bleiben willst? Sie suchen? Du weißt doch überhaupt nicht, was passiert ist. Wo sie ist. Und das eine sag ich dir: Frauen hinterherlaufen, das ist der Anfang vom Ende. Sabine wird das machen, was sie für richtig hält, da kannst du dich auf den Kopf stellen. Es wird dir nicht helfen.«

»Unsinn, Karl. Deine Stammtischsprüche brauche ich jetzt nicht. Sag mir lieber, wie ich Sabine finden soll.«

Karl hebt seine Espressotasse zum Mund, setzt sie wieder ab.

»Vielleicht hast du sie schon verloren. Schon mal drüber nachgedacht?«

Ich stehe so abrupt auf, dass mein Stuhl nach hinten kippt und auf den Rasen fällt.

»Danke für alles, Karl«, sage ich und gehe.

Das Zimmer ist leer. Nachdem ich die restlichen Sachen in den Koffer gepackt habe, bringe ich ihn zur Rezeption und lege meine Kreditkarte auf den Tisch. Ich bitte darum, den Koffer unterstellen zu dürfen und laufe aus dem Hotel. Vor der Tür wartet Karl.

Sabine

Der Traum ist immer noch da. Ich sitze wieder auf dem Stuhl vor Herrn Johannsen, der gerade die Palette aus der Hand gelegt hat.

»Sie haben sicher Hunger, mein Kind.«

Es ist lange her, dass ich *mein Kind* genannt wurde. Meine Mutter sprach mich selbst noch so an, nachdem ich nicht mehr zu Hause wohnte. Bei ihr waren es stets Belehrungen, die so endeten. »Du wirst schon sehen, was passiert, mein Kind.« Ich bat Mutter, mich nicht mehr Kind zu nennen, aber sie sagte, dass ich immer ihr Kind bleiben würde. Das sei keine Frage des Alters.

»Ich bin nicht hungrig«, antworte ich.

»Aber ich und deshalb werden Sie schön brav sein und etwas mitessen.« Herr Johannsen deckt die Leinwand ab, geht in die Küche. Ich höre ein Handy klingeln und laufe ins Arbeitszimmer. Auf dem Display leuchtet eine Nummer mit der Inselvorwahl. Rainer aus dem Hotel, vermute ich und lehne das Gespräch ab. Das Gerät liegt schwer in meiner Hand, die vorletzten Nummern leuchten auf. Ich wähle.

»Rainer?«

»Haben Sie einen makellosen Körper?«

»Bitte?«

»Ob Ihr Körper makellos ist, will ich wissen.«

Stille, kein Rauschen, kein Atmen. Stille.

»Sind Sie verrückt?«, fragt Alice.

»Nein.«

»Was wollen Sie von mir?«

»Das habe ich bereits gesagt«, kommt es bissig von mir zurück.

»Und dann? Warum wollen Sie das wissen?«

»Wissen Sie immer, warum genau Sie gerade etwas tun?«

»Nein, aber ich laufe nicht durch die Gegend und stelle verrückte Fragen an Menschen, die ich nicht einmal kenne.«

»Hat Rainer Ihnen nichts von mir erzählt?«

Die Frau antwortet nicht. Ich warte, sehe Rainer in den Armen einer Anderen und versuche zu verstehen, was er sagt. Seine Lippen bewegen sich, aber ich höre nichts.

»Hat er Ihnen – etwas von mir erzählt?«, fragt sie.

»Nein«, sage ich und drücke vorsichtig den roten Knopf.

Ich bin zurück in der Küche. Herr Johannsen rührt in einem Topf, sieht auf, als er mich kommen hört. »Ich bekomme das Essen immer vormittags geliefert. Es reicht für zwei.«

Ich nicke und setze mich auf den Stuhl.

»Ich habe Stimmen gehört. Sie haben telefoniert?«

»Ja, mit der Geliebten meines Mannes.«

Herr Johannsen reagiert nicht.

»Hatten Sie je Geheimnisse vor Ihrer Frau?«

Herr Johannsen schiebt den Topf auf eine andere Platte und reicht mir zwei Teller, die er aus dem Schrank geholt hat.

»Sie meinen …«

»Ja.«

»Ich bin in einer anderen Zeit groß geworden.«

»Hat sich da so viel geändert?«

»Meine Frau und ich …«, Herr Johannsen wendet sich von mir ab, »sie hätte es mir im gleichen Augenblick an der Nasenspitze angesehen, wenn ich etwas mit einer anderen Frau angefangen hätte. Wir waren …« Er schaut wieder zu mir, seine Augen haben sich verändert. »Ich hatte nie das Bedürfnis, mich einer anderen Frau zu nähern.«

»Das haben Sie jetzt nett ausgedrückt«, sage ich lächelnd.

Wir schweigen.

»Hätte Ihre Frau Ihnen verziehen?«

Herr Johannsen scheint zu überlegen.

»Mit dem Verzeihen ist das so eine Sache. Man kann sich fest vornehmen zu verzeihen, sicher sein, dass man es schafft. Aber trotzdem, etwas hat sich geändert, die Koordinaten stimmen sozusagen nicht mehr. Ob der Weg dann noch zu finden ist?«

Herr Johannsen stellt das Essen auf den Tisch und setzt sich zu mir. Nachdem er unsere Teller gefüllt und Wasser eingeschenkt hat, hebt er sein Glas.

»Leben ist nicht planbar. Es kommt einfach. Und dann müssen wir damit umgehen.«

Rainer

»Was erwartest du von mir? Es ist deine Frau, dein One-Night-Stand, deine Geliebte«, sagt Karl

»Wenn du meinst«, erwidere ich und laufe los.

Karl folgt mir und fragt nach einer Weile: »Okay, was soll ich tun?«

»Mit Alice sprechen. Wenn die jetzt auch noch durchdreht, ich weiß nicht …«

Karl schaut mich überrascht an. »Warum Alice?«

»Sie – war so merkwürdig in den letzten Wochen. Hat mich angefleht, mit ihr an diesem Wochenende zu verreisen. Und – wir haben uns gestritten.«

Karl verdreht die Augen.

»Sie will, dass sich was ändert. Was sie damit meint, kannst du dir denken.«

Karl nickt, seufzt und reibt mit der Hand seinen Nacken. »Also gut, ich fahre morgen zu ihr, aber du weißt …«

»Jaja! Du schaffst das schon! Ihr seid doch – Freunde. Du kennst sie schon so lange.«

»Eben.«

Wir laufen seit einer Viertelstunde nebeneinander her. Jetzt gehen wir Richtung Strand. Sei's drum, ist auch egal und vielleicht ist Sabine – nein, sicher nicht. Aber Loana … Ich greife an meinen linken Arm, spüre die Stelle. Adiós und keine Verpflichtung. Aber war es nicht das, was ich mir immer erträumt habe?

Karl scheint es hier zu gefallen. Er sagt, dass er einen solchen Strand auf dieser Insel nicht vermutet hätte. Dafür sei er auch schon nach Frankreich gefahren. Wir sitzen nebeneinander im Sand und beobachten die Menschen um uns herum. Das Paar von gestern liegt wieder ganz in der Nähe, daneben eine Gruppe herumalbernder Mädchen und Jungen um die zwanzig.

Etwas weiter zwei Frauen in meinem Alter. Hinter uns ein älterer Herr, braun gebrannt, der sich gerade ausgiebig mit Sonnenöl einreibt. Ganz vorne am Wasser spielt eine junge Frau mit einem kleinen Kind. Immer wieder laufen Menschen auf dem Weg zu den hinteren Strandabschnitten an uns vorbei.

»Herrlich!«, sagt Karl. »Hätte ich morgen früh keinen Termin, ich würde bleiben.«

Ich frage Karl, ob er mir sein Handy für einige Tage leihen könne. Er zögert, überlässt es mir aber mit der Verpflichtung, keine Gespräche von mir unbekannten Nummern anzunehmen.

Sabine

Das Leben kommt einfach, sagt Herr Johannsen. Vielleicht hat er recht, und alles, was ich dachte, so gründlich geplant zu haben, ist Illusion, eine Aneinanderreihung von Zufällen.

Ich sitze wieder im Atelier, da Herr Johannsen mich um eine weitere Stunde bat. Wenn die Sonne am Spätnachmittag ihre Kraft verloren habe, würden wir spazieren gehen, sagte er.

Die Ruhe, die ich hier auf dem Platz vor der Staffelei empfinde, ist atemberaubend. Nur das Ticken der Wanduhr und das leise Kratzen, wenn der Pinsel die Leinwand berührt. Ich versinke in mir, in die Erinnerungen an die vergangenen Jahre. Denke an die erste

Zeit mit Rainer, die Tage nach der ersten Nacht. Erst in den frühen Morgenstunden schlief ich damals ein. Als ich wach wurde, lag ich alleine im Bett. Ich zog mich an und suchte Rainer. Auf dem Flur schallten mir Stimmen entgegen.

»Lass mal, Karl«, hörte ich Rainer sagen und jemand anderen antworten: »Warum, erzähl doch, wie war jetzt die Nacht?« Ich ging zurück zu Rainers Zimmertür, um sie diesmal geräuschvoll zu schließen. Kurz darauf stand Rainer bereits vor mir.

»Hallo«, sagte er liebevoll. »Komm rein, ich habe Frühstück gemacht.«

In der Küche saß Rainers Gesprächspartner breit grinsend am Tisch, seine Beine hochgelegt auf einen anderen Stuhl.

»Ich bin der Karl«, sagte er.

»Sabine«, antwortete ich und reichte ihm die Hand. Karl, der im ersten Augenblick verdutzt zu sein schien, sprang auf, nahm mich in den Arm und gab mir einen Kuss auf die Wange: »Warum so förmlich?«

Ich glaube, ich bin damals rot geworden, und war froh, dass Rainer nach meiner Hand griff und mich zum Tisch zog.

»Gut geschlafen?«, fragte er und reichte mir eine Tasse Kaffee.

Karl verabschiedete sich wenig später. Er murmelte noch etwas von einer Verabredung und dass wir uns jetzt ja häufiger sehen würden.

Über all die Jahre habe ich diese Szene nicht vergessen. Was Rainer und ich beim Frühstück gesprochen haben, weiß ich nicht mehr, nur noch, dass ich mich unwohl fühlte und ihm nicht in die Augen sehen konnte. Meine

Freundin hatte mich gewarnt, aber es war alles anders. Anders, als sie mir den Morgen danach beschrieben hatte, anders die Nacht, anders meine Gefühle, die mich durch den Raum schleuderten und nicht zur Ruhe kommen ließen.

Rainer redete und ich hörte zu. Nickte hin und wieder, aß ein halbes Brötchen und trank Kaffee, der unglaublich stark war. Irgendwann hörte ich die Worte: »Sehen wir uns heute Abend?« Bis sie zu mir durchgedrungen waren, verging eine Weile. Ich glaube, Rainer sprach schon über das nächste Thema, als ich sagte: »Ja, gerne.«

In der folgenden Nacht schliefen wir wieder miteinander. Es war ein Samstag, wir zogen durch einige Studentenkneipen und Rainer trank viel. Als wir endlich auf seinem Bett lagen, nackt und ohne Decke, es war Hochsommer und sehr warm in dieser Nacht, fragte er nicht, ob ich mit ihm schlafen wolle. Er kuschelte sich an mich, fuhr mit der Hand zwischen meine Beine und schob sie auseinander. Im nächsten Augenblick lag er bereits auf mir und drang in mich ein. Ich weiß noch, dass es wehtat und ich erschrocken und steif liegen blieb. Und dass es wieder schnell ging. Erst als wir nebeneinander auf dem Bett lagen, fiel mir entsetzt auf, dass Rainer kein Kondom benutzt hatte. Ich drückte meine Beine zusammen und wartete, bis ich die ersten leisen Schnarchgeräusche hörte, um ins Bad gehen zu können. In der Dusche versuchte ich, das Sperma mit dem Wasserstrahl aus mir heraus zu spülen. Es fühlte sich an, als griffe jemand in mich hinein und wühle in mir herum. Irgendwann gab ich auf, saß nass und heulend auf dem Boden der Wanne. Schließlich kehrte ich ins Bett zurück, wo ich erst im Morgengrauen einschlief.

Als ich wach wurde, saß Rainer mit verzweifeltem Gesicht vor mir. »Haben wir heute Nacht kein Gummi benutzt?«, fragte er.

Ich schüttelte den Kopf und zog ihn zu mir unter die Decke. »Es ist sicher nichts passiert. Sicher nicht«, flüsterte ich ihm ins Ohr.

Rainer

Und wenn Loana jetzt nackt vor mir stände – würde ich mich von ihr in die Dünen ziehen lassen?

Warum nicht, höre ich eine Stimme sagen.

Ist das so einfach, frage ich zurück und bekomme keine Antwort.

»Ist die Frau jetzt hier oder nicht?«, drängelt Karl zum wiederholten Mal.

»Sie heißt Loana«, zische ich ihn an. »Und es ist mir egal, ob sie hier ist, absolut egal!«

»Schon gut, schon gut. Ich höre ja auf.«

In diesem Augenblick sehe ich sie. Wie gestern läuft Loana mit schnellen Schritten in die Nähe des Wassers, zieht sich aus und springt direkt in die Nordsee. Karl, der die Szene aufmerksam verfolgt hat, atmet tief aus. »Hast du das gesehen?«, fragt er.

»Nein«, antworte ich.

»Ich glaube, ich gehe doch ins Wasser«, sagt Karl.

Da hast du doch, was du gesucht hast, denke ich spöttisch. Viel Vergnügen damit!

Vergnügen, war es das, was mich an Alice gereizt hat, als ich sie vor zwei Jahren kennenlernte? Ich war damals mit Karl auf dem Weg zu einer Kneipe, die neu eröffnet hatte. Alice kam uns entgegen, und Karl stellte mich vor, nachdem er ihr einen flüchtigen Kuss auf die Wange gedrückt hatte. Später erzählte er mir, dass sie sich zwei- oder dreimal getroffen hatten und schnell im Bett gelandet wären. Alice hätte aber mehr gewollt als eine lose Beziehung, er nicht und sich daraufhin von ihr getrennt. Natürlich im Guten, wie er betonte.

Ungefähr ein halbes Jahr später traf ich Alice wieder. Ich saß in einem Café, als sie hereinkam. Da alle Plätze besetzt waren, fragte sie, ob sie sich zu mir setzen könne. Wir unterhielten uns, und als sie ging, gab sie mir ihre Telefonnummer, meinte, dass wir uns vielleicht einmal treffen könnten.

Ich rief sie an, ich glaube, es war fast vier Wochen nach dem Treffen im Café. Ich weiß nicht mehr, warum ich es tat, ob ich mir etwas vorgemacht hatte, dachte, das sei nur ein harmloses Essen unter Freunden. Und ich weiß auch nicht mehr, ob ich es war, der sie wie zufällig unter dem Tisch berührte, die Hand neben ihre legte, sie anstrahlte, sie küsste.

Wir sind an diesem Abend in ihre Wohnung gegangen. Ich blieb über Nacht, Sabine besuchte eine Freundin in München.

Als ich mich frühmorgens unter dem Vorwand, einen Termin in der Firma zu haben, ohne Frühstück verabschiedete, fragte Alice, ob wir uns wiedersehen würden. Ich hätte »nein« sagen können, hätte sagen können: »Ich überlege es mir« oder etwas Ähnliches. Aber ich habe gesagt: »Heute Abend habe ich frei. Um neunzehn Uhr bei dir?« Ich sagte es einfach, als sei es die größte Selbstverständlichkeit der Welt. Erst als ich am Nachmittag zum Duschen und Kleiderwechseln nach Hause kam, dachte ich an Sabine. Den ganzen Tag über war ich in einer unsagbaren Erregung, einer Art Glückstaumel gewesen, bis zu dem Zeitpunkt, als ich den Griff unserer Haustür anfasste. Er war wie glühendes Metall, und ich zog meine Hand hastig zurück. Alles hatte sich in diesen zwei Sekunden verändert, der ganze Tag und die Nacht davor schienen in sich zusammenzufallen.

Ich legte mich in die Badewanne, bis meine Haut Wellen schlug, trank ein großes Glas Whisky, rief Alice an, sagte, dass es später werden könne. Sie hatte Verständnis, ich legte auf. Es wurde sieben, acht, halb neun, der dritte Whisky und der erneute Griff zum Telefon, um ein Taxi zu rufen.

Alice öffnete die Tür, nahm mich in den Arm und sagte leise: »Danke, dass du gekommen bist.«

Der Tisch war gedeckt, Kerzen brannten und die Vorspeise war angerichtet. Ich blieb bis zwei Uhr in der Nacht, länger hielt ich es nicht aus. Ich weiß nicht, ob ich mich auf Sabine vorbereiten wollte oder ob ich einfach nur ein schlechtes Gewissen hatte.

Als Sabine kam, war alles wie immer. Wir gingen an diesem Abend essen, sie war aufgekratzt und gleichzeitig müde von der Reise, erzählte viel. Ich hörte zu. In der Nacht robbte sich Sabine eng an mich heran. »Ich liebe dich«, flüsterte sie.

Ich glaube, in diesem Moment war ich glücklich.

Sabine

Herr Johannsen legt die Palette zur Seite und tritt zurück. Es scheint, als sei er nicht zufrieden mit dem Ergebnis.

»Morgen ist auch noch ein Tag«, sagt er. »Jetzt gibt es Tee, und Sie erzählen mir, was Ihnen die ganze Zeit im Kopf herumgegangen ist.«

Kurze Zeit später sitzen wir in der Küche am Tisch. Die Sonne kriecht durch die kleinen Sprossenfenster und wirft Lichtstränge, die sich über den Boden und die Mitte des Tisches ziehen.

Ich erzähle Herrn Johannsen von meinem Traum, von Alice am Strand neben Rainer, von mir, wie ich mich zu ihnen setze. Ich werde rot beim Sprechen, sehe zur Seite, berichte von dem Lauf durch das Spalier, von Rainer unter Wasser, meiner Rückkehr. Mehr nicht. Herr Johannsen hört zu. Er ist ein guter Zuhörer, denke ich.

»Ein ungewöhnlicher Traum«, sagt er.

Ich nicke verlegen. »Dabei habe ich Ihnen – noch nicht alles erzählt, aber das Merkwürdige ist, dass mir diese Frau egal war.«

»Ist das tatsächlich so?«

»Nein.«

Herr Johannsen schweigt, schenkt Tee nach.

»Ich weiß nicht einmal, wie lange die Sache mit meinem Mann schon läuft.«

Es ist doch keine Sache, denke ich ärgerlich und greife in meine Tasche, um Rainers Handy hervorzuholen. Ich wähle, höre es klicken.

»Wie lange läuft das schon?«, frage ich.

»Warum wollen Sie das wissen?«

Ich warte. Alice wartet.

»Bitte«, sage ich schließlich.

»Vierhundertachtundsiebzig.«

»Bitte?«

»Tage, was sonst! Möchten Sie auch noch die Minuten oder Sekunden?«

»Nein.«

»Und einen makellosen Körper habe ich auch nicht. Sind Sie jetzt zufrieden?«

»Nein.«

»Können Sie noch etwas anderes sagen als ja oder nein?«

Ich schweige.

»Sagen Sie mir doch bitte, wo Rainer ist.«

»Irgendwo, ich weiß es nicht.«

»Und wo ist irgendwo?«

»Hier auf der Insel, wo sonst«, fauche ich ärgerlich.

»Insel?«

»Spiekeroog«, schreie ich und lege auf.

Herr Johannsen beobachtet mich, schenkt noch einmal nach.

»Ich zeige ihnen jetzt einen ganz besonderen Teil unserer Insel«, sagt er schließlich. »Sie werden staunen.«

Rainer

»Hat es dir gestern Abend gefallen?«

Ich öffne meine Augen und sehe Loana, die vor mir

steht und sich mit einem Handtuch abtrocknet. Ich richte mich auf, sie lässt sich neben mich in den Sand fallen.

»Immer noch alleine?«

Ich hebe die Schultern.

»Verstehe.«

Sie schüttelt ihre langen Haare. »Ich bin noch ein paar Tage auf der Insel. Meine Zimmernummer kennst du ja.«

»Fünf«, sage ich. »Wie immer fünf.«

Loana scheint einen kurzen Moment verwundert zu sein, steht aber auf und zieht sich ihr Kleid an, das sie in der Badetasche verstaut hatte. Dann wendet sie sich ab, geht wenige Meter Richtung Dünenübergang, kommt zurück. Sie beugt sich zu mir herunter, um mit ihrer Wange zärtlich an meiner entlangzugleiten.

»Um neun Uhr bei mir«, haucht sie mir ins Ohr.

Sie geht und ich beobachte ihren Gang. Sie ist sich selbst genug, denke ich. Im Laufen hebt sie einen Arm und schwenkt ihn in der Luft, ohne sich umzudrehen.

Karl kommt aus dem Wasser, fällt vor mir auf die Knie.

»Der Wahnsinn. Frauen, soweit das Auge reicht«. Er trocknet sich ab. »War das gerade …?«

»Nein.«

»Aber, was …?«

»Fünf!«, schreie ich Karl an, ziehe wütend meinen Hotelschlüssel aus der Tasche und werfe ihn ihm vor die Füße. »Hier, falls sie dich rausschmeißt. Neun Uhr, Zimmer fünf!«

Karl sieht mich entsetzt an. Er hebt den Schlüssel auf, legt ihn neben mich in den Sand und zieht sich schweigend an.

»Viel Glück, Rainer. Ich verschwinde. Melde dich, wenn du wieder bei dir bist.«

»Mach's gut, Karl«, murmele ich ihm hinterher, packe kurze Zeit später meine Sachen und marschiere zum Dünenübergang. Im Laufen schreibe ich eine SMS.

»Ich bin es, Rainer. Sabine, bist du da?«

Ich warte. Die Antwort kommt nach zehn Minuten.

»Ja.«

Sabine

»Das Telefon hat sich bewegt«, sagt Herr Johannsen.

Eine SMS, denke ich und schaue kurz auf das Display, bevor ich das Handy von mir wegschiebe.

»Kann man ein solches Gerät nicht ausstellen?«

»Dann geht es nicht wieder an. Ich kenne den Pin-Code nicht.«

»Ich weiß leider nicht, was ein Pin-Code ist. Aber ich erinnere mich noch an die Zeit, als es diese kleinen Telefone noch nicht gab und trotzdem alle zurechtkamen.«

»Es ist eine Nachricht von meinem Mann. Er fragt nach mir.«

»Das kann ich verstehen.«

»Er soll in der Hölle schmoren.«

»Auch das kann ich verstehen.«

»Verstehen Sie eigentlich alles?«, frage ich gereizt.

»Nein, sicher nicht.«

Ich schlucke. »Entschuldigung, es war nicht so gemeint.« Ich schaue lange auf das Handy und schreibe die Antwort. Ich zögere einen Augenblick, drücke auf *Senden.*

Herr Johannsen räumt den Tisch ab. Ich helfe ihm.

Wir sind seit einer Stunde unterwegs. Herr Johannsen erzählt von seiner grünen Insel mit der außergewöhnlichen Vegetation, zeigt mir ein Drifthaus, das ein Schwimmdach hat, mit dem sich die Menschen in früheren Zeiten bei großen Sturmfluten retten konnten, führt mich in die alte Inselkirche, die fast vierhundert Jahre alt ist, und berichtet von den Menschen, die auf dieser Insel lebten und leben.

Die Landschaft, durch die wir gehen, ähnelt einer braunen Lavawüste mit kleinen grünen Flecken.

»Braundünen«, erklärt Herr Johannsen. »Auf dem versauerten Boden wächst die Krähenbeere.«

Ich lausche seiner ruhigen Stimme, atme die salzige Luft tief ein, sehe meine Beine, die sich bewegen, unsere länger werdenden Schatten, höre Vogelstimmen und spüre den warmen Wind.

Und denke an Rainers Handy, daran, dass ich es in der Küche liegen gelassen habe, und daran, es im Hafenbecken versenken zu wollen. Ich stelle mir vor, wie es noch einen kurzen Augenblick zu schwimmen scheint, sich dreht und schließlich in die Tiefe sinkt. Und dass Rainer hinter mir steht, schreit, ich aber die Worte nicht verstehe, weil sie zu laut und zu schnell aus ihm heraus kommen. Ich zeige auf das Wasser, formuliere lautlos mit den Mund: »Spring, spring doch!« Und Rainer springt. Schlägt mit dem Bauch auf und rudert wild mit den Armen, bevor er abtaucht. Die Wasseroberfläche beruhigt sich wieder. Ich genieße die Stille, setze mich auf den Beckenrand, wo meine Beine langsam hin und her baumeln können. Er ist weg.

Stille.

Ich bleibe stehen. Herr Johannsen dreht sich zu mir um.

»Was verbindet Sie mit Ihrem Mann?«

Rainer

»Wo bist du, Sabine? Ich suche dich überall. Melde dich. Rainer.«

Ich warte, keine Antwort, tippe erneut.

»Warum antwortest du nicht?«

»Bitte, Sabine, bitte.«

»Was ist passiert? Wir müssen reden, Sabine!«

Warten. Keine Antwort. Warten.

Ich bin im Hotel. Der Flur ist lang. An der Tür zu Zimmer fünf leuchtet das Schild. Ich bleibe stehen, trete näher. Es scheint zu glühen, meine Hand – ich will es berühren, aber die Zahl erlischt. Der Schatten meines Arms tanzt an der Tür und deckt den Strahler hinter mir ab. Als ich mich umdrehe, schaue ich ins grelle Licht. Alles wird rot. Ich schließe meine Augen und laufe weiter.

Der Schlüssel, er dreht sich. Das Bett ist gemacht, ein neuer Strauß Blumen steht auf dem Tisch. Aber Sabine ist nicht da.

Das Telefon auf dem Schreibtisch klingelt.

Der Hörer an meinem Ohr brennt und dröhnt. »Ich habe hier eine Nachricht für Sie.«

Ich haste zur Rezeption, stehe vor dem Tresen, frage. Jemand, der lächelt, zieht ein sorgfältig in der Mitte gefaltetes Blatt Papier aus einem Fach und schiebt es zu mir. »Diese Nachricht ist von meiner Kollegin aufgenommen worden.«

Ich greife danach. Druckbuchstaben, klein und gerade.

»Eine Nachricht für Herrn Rosenbaum, telefonisch aufgenommen heute um 14.15 Uhr: *Rainer, deine Frau ruft mich immer wieder an. Ich habe mit ihr gesprochen. Halte es hier nicht mehr aus. Komme nach Spiekeroog. 19 Uhr, heute Abend. Alice.*«

Sabine

Was verbindet Sie mit Ihrem Mann?

Die Frage verwirrt mich.

Ich denke über eine Antwort nach. Vielleicht: neunundzwanzig Jahre? Oder: Janus? Wie lässt sich unsere Verbindung, unser Leben, unser Glück fassen, dokumentieren, beschreiben? Ist mein Glück nur mein Glück, unsichtbar, eingekapselt in viele kleine Momente, und sind diese Momente meine Verbindung zu Rainer?

Ich weiß es nicht, will es nicht wissen. Ich will weinen, heulen, schreien, mich vergraben in dieser endlosen weißen Erde, die mich wärmt, streichelt, mich festhält im ewigen Sommerschlaf.

Und ich will explodieren und alles in meiner Nähe mitreißen, zerstören, mich selbst. Und Rainer.

Rainer

Ich starre auf die Nachricht von Alice, das Lächeln wartet, lächelt, beide Hände auf dem Tresen. Jetzt, sein Kopf neigt sich zur Seite, scheint eine Reaktion von mir zu erwarten. Ich starre auf die Buchstaben, wieder auf das Lächeln, zerknülle langsam das Blatt mit einer Hand, werfe, der Papierball schwebt, prallt auf die Kante des Korbs und verharrt einen Augenblick in dieser Position. Dann fällt er.

»Treffer«, sagt das Lächeln.

»Ja«, sage ich.

»Haben Sie noch einen Wunsch?«

»Ja.«

Der Kopf, er neigt sich wieder.

»Kneifen Sie mich.«

Das Lächeln lächelt nicht mehr. Neigt seinen Kopf nicht mehr. Ich gehe.

Auf dem Flur kommt mir jemand entgegen, alles ist verschwommen. Ist es Loana? Ihre Beine, sie hebt die Hand, streichelt meine Wange im Vorbeigehen, haucht: »Immer noch auf der Suche?«

Ich will antworten, stolpere, werde gehalten. Eine

junge Frau stützt mich. »Geht es Ihnen gut?« Ich antworte wie in Trance. »Ich bin schon fünfzig«.

Sie runzelt die Stirn. »Haben Sie getrunken?«

Ich stoße sie von mir weg, gehe ein paar Schritte, bevor ich mich wieder zu ihr umdrehe. »Wie spät ist es?«

Die junge Frau sieht mich verärgert an und zeigt mir ihren ausgestreckten Mittelfinger.

»Zicke«, fluche ich leise. »Elende Zicke!«

Weiter unten im Flur kommt mir ein alter Herr entgegen.

»Können Sie mir sagen, wie spät es ist? Meine Uhr ist kaputt«, frage ich ihn.

Der alte Herr schiebt mit beiden Händen vorsichtig seine Brille in die richtige Position, ehe er in sein Jackett greift und eine alte Taschenuhr herausholt. Er drückt auf den Deckel, der mit einem metallischen Geräusch aufspringt.

»Ein Erbstück meines Vaters«, sagt er. »Wenn ich nicht vergesse, sie aufzuziehen, geht sie sekundengenau.«

»Ich verstehe, aber ...«, sage ich.

»Sie haben es eilig?«

Nein, denke ich. Es ist alles in Ordnung. Alles. Meine Frau ist nur seit fast vierundzwanzig Stunden verschwunden, meine Geliebte muss jeden Augenblick in den Hafen einlaufen, und die Frau, die mir gestern das T-Shirt zerrissen hat, sitzt ein paar Meter weiter in ihrem Zimmer und wartet auf mich.

»Nein, nein, ich habe Zeit«, versichere ich ihm.

»Das ist gut«, sagt der alte Herr und schaut konzentriert auf die Uhr. »Ich glaube, es ist kurz nach sieben.«

Sabine

Vier SMS von Rainer. Nachdem ich sie gelesen habe, lösche ich sie und lasse das Handy auf das Bett fallen. Laufe im Raum herum, hebe es wieder auf. Das Display leuchtet noch.

Reden, reden, reden, aber warum?, schreibe ich zurück.

Ich lege mich auf das Sofa, decke mich zu, drehe mich, wieder und wieder. Stehe auf.

Was verbindet mich mit Rainer? Die Frage bleibt, sinkt tiefer. Ich laufe auf und ab: vom Schreibtisch zum Bett zum Fenster und zurück. Verlasse das Haus.

Mein Schatten ist lang. Ich bin allein.

Damals, nach der Ausbildung, wollte ich Medizin studieren. Die Wartezeit hätte ausgereicht, um einen Platz zu bekommen. Ich bekam Janus, Rainer arbeitete Tag und Nacht, ich auch.

Als Janus drei Jahre alt war, fing ich wieder an, im Krankenhaus zu arbeiten, Nachtschichten und am Wochenende, dann kam das Haus, unser Haus. Dann Janus' Grundschulzeit und seine Lehrerin, die kurz vor der Pensionierung stand und entsetzt war von den angeblich so schlecht erzogenen Kindern. Gleichzeitig die Firma, Rainer wurde Teilhaber, arbeitete noch mehr als vorher. Ich kündigte, Janus ging auf das Gymnasium.

Ich stehe am Hafen. Die Fähre legt an, unsere Fähre, auf der wir die Rückfahrt gebucht haben. Menschen kommen, Menschen gehen, das Schiff legt wieder ab.

Ich bleibe.

Wieder der Tresen, ich schiebe einen Zettel mit Alice Namen hinüber. »Falls diese Dame nach mir fragt, geben Sie ihr bitte meinen Zimmerschlüssel.« Ich bitte um die Rechnung, unterschreibe den Kreditkartenbeleg und wende mich ab.

Das Handy surrt, ich öffne die SMS. Auf dem Weg zum Strand komme ich an einem Outdoorladen vorbei, der noch geöffnet hat. Ich kaufe einen Schlafsack und laufe zum Strand.

Das Wasser ist da, die Wellen überschlagen sich, kämpfen, laufen aus und wieder zurück. Ich beobachte sie, zähle, wühle im Sand, baue kleine Burgen. Ich glaube, Janus hat gerne im Sand gespielt. Den Sandkasten habe ich erst vor ein paar Jahren abgebaut, drei mal drei Meter, fünfundvierzig Schubkarren Sand, Teakholz, es hat die Zeit überdauert. Wenn ich nur wüsste, warum ich damals Alice angerufen habe. Anstelle des Sandkastens hat Sabine ein Blumenbeet angelegt, er glüht in einer Farbenpracht, die ich mir nie hätte vorstellen können. Dabei liebe ich Alice nicht, wir treffen uns, ja, schlafen miteinander, ja, aber Liebe? Janus kommt nur selten nach Hause. Er hat mir gesagt, beim nächsten Besuch käme er nicht allein. Ich habe ihm auf die Schulter geklopft und gegrinst. Alice ist vierunddreißig. Janus zweiundzwanzig. Ich zerstöre den Sandwall um mich herum, grabe ein Loch. Der Sex mit Alice ist anders. Einfacher. Direkter. Sie schreit, ich schreie. Wir treffen uns immer in ihrer Wohnung, ich komme, berühre ihre Schulter oder den Rücken, wir küssen uns, ich ziehe sie aus, sie mich, in der Küche, im Wohnzimmer, auf dem Flur, im Badezimmer oder im Bett. Sabine hat viele Interessen, das Malen, ihre Bücher, die Arbeit in dem Verein. Immer berühre ich Alice zuerst, nie sie mich. Vielleicht bin ich zu müde, nach der Arbeit. Und am Wochenende? Sabine sagt, sie sei romantisch veranlagt. Als ich Alice das letzte Mal besuchte, stand die Tür einen Spalt weit auf. Ich ging hinein und fand sie im Badezimmer. Sie stand vor dem Spiegel, nackt, und cremte ihre langen Beine ein. Ich zog mich aus. Jetzt sehe ich die Wellen, die flacher werden, die Sonne steht tief, es ist immer noch sehr warm.

Ich bleibe hier, denke ich.

Sabine

Ich stehe am Hafen, der Wind ist stärker geworden. Die Wanderschuhe von Herrn Johannsens Frau sind bequem, aber sie müssen seltsam aussehen zum Sommerkleid. Es ist mir egal.

Auf dem Weg zurück, sehe ich das Schild *Zum Strand* und folge ihm. Ein Mann und eine Frau kommen mir entgegen, eng umschlungen, sie küsst ihn, er lächelt. Der Mann sagt »Guten Abend«, ich nicke.

Ich ziehe die Schuhe aus und trage sie mit verknoteten Schnürbändern über der Schulter. Das Wasser umspült die nackten Füße und füllt die Abdrücke, die ich im Watt hinterlasse, auf. Wenn ich über die Schulter schaue, liegt eine Seenlandschaft hinter mir. Ich bleibe stehen, wiege meinen Körper hin und her, bewege die Zehen mit Kraft auf und ab, damit ich tiefer in den vor Wasser triefenden Boden sinke.

Ich schmecke das Salz auf der Zunge, es legt sich auf meine Lippen, verfängt sich in den Haaren, die im Wind wehen.

Ich spüre jedes Sandkorn unter meinen Füßen, höre die schreienden Möwen und sehe die Sonne, die ins Rot der Erde sinkt und sich dabei breit auf sie legt, als wolle sie sie umarmen.

Ich bin da. Lebe.

Es tut weh.

Seitenstiche, ich bleibe gebückt mit den Händen auf den Knien stehen und ringe nach Luft. Als ich wieder hoch komme, sehe ich Rainer am Strand liegen.

Er ist doch nicht in der Hölle, denke ich, versuche zu laufen, aber mir fehlt die Kraft. Alles zieht mich zu diesem einen Punkt, bis ich bei ihm bin, mich leise in den Sand setze und warte. Rainers Augen sind geschlossen. Er schweigt.

Ich fange an zu sprechen, leise, zu den Wellen, zum Wind und zum weißen Sand: »Als Gertrud mich damals gefragt hat, was sie machen soll, habe ich ihr gesagt, sie soll sich umdrehen und so schnell laufen, wie sie nur kann.«

Rainer öffnet die Augen, zieht seine Augenbrauen hoch. »Ich bin nicht Reinhard.«

»Bist du dir sicher?«

»Es war unwichtig, alles.«

»Hat Reinhard auch immer gesagt.«

Rainer schweigt.
»Ich habe sie angerufen.«
Rainer nickt.
»Ist sie jung, schön und attraktiv?«
Rainer schweigt.
»Sie wird kommen«, sage ich.
»Sie ... ist schon da«, antwortet Rainer stockend.
Ich lache kurz auf.
»Ich habe sie nicht darum gebeten«, sagt Rainer leise.
»Ich war am Hafen.«
»Als die Fähre kam?«
»Ja.«
»Sabine ...«
»Ja?«
»Lass uns nach Hause fahren.«
»Ist sie jung, schön und attraktiv?«
Rainer schließt wieder seine Augen.
»Ich habe dir heute zugesehen, wie du im Hafen ertrunken bist.«
Rainer starrt mich entsetzt an.
»Es war mir egal.«
»Sabine, können wir – nicht vernünftig reden?«
»Ist sie jung, schön und attraktiv?«
Rainer malt mit den Fingern Kreise in den Sand, nickt irgendwann. »Ich glaube – schon.«
Ich stehe abrupt auf und laufe zurück. Die Schuhe schlagen hart gegen Brust und Rücken, die Tränen prallen auf den plötzlich unendlich weißen Sand, bleiben liegen und sehen aus wie Fluchtspuren, alle zwei Meter, drei, jetzt fünf. Der Wind trocknet meine Haut, alles nur Salz, denke ich und lache laut auf.

Rainer

Ich hätte schweigen sollen. Der überragende Rainer hätte einmal im richtigen Moment seinen Mund halten sollen. Diese sinnlose Fragerei: jung, schön, attraktiv. Warum hat sie nicht gefragt, ob ich sie verlassen will? Da hätte ich antworten können, sofort und ohne zu zögern.

Taritara, alles ist wunderbar, schießt es mir wieder einmal durch den Kopf, zumindest bis – wie lange ist das jetzt her? Nicht einmal vierundzwanzig Stunden? Unmöglich. Alice war ein – Zufall. Wir schlafen miteinander und wenn ich ihre Wohnung verlasse, geht der Tag und das Leben weiter.

Versprochen habe ich Alice nie etwas, warum auch? Ich bin mit Sabine verheiratet. Wir haben Janus, unser Leben, unser Haus, unsere Freunde.

Warum muss bei Frauen immer alles so kompliziert sein? Dabei bin ich niemand, der alten Rollenmodellen nachhängt, der meint, dass die Frau im Haus bei den Kindern zu bleiben hat, während wir Männer in der großen weiten Welt kämpfen. Ich helfe immer im Haushalt, koche gerne, wenn Freunde uns besuchen, und ein guter Vater war und bin ich auch.

Gestern Nacht mit Loana, ich weiß nicht, was da mit mir passiert ist. War ich betrunken? Es waren doch nur zwei Gläser Wein, nicht mehr. Und ein Drink an der Bar oder waren es zwei? Als ich dort saß, habe ich die Welt um mich herum vergessen, nur noch die roten Lippen gesehen und die Bewegungen, die sich unter dem engen Kleid abzeichneten. Und die Stimme gehört. Als wäre ich achtzehn und bei meinem ersten Rendezvous, verloren, eingetaucht in ein schwarzes Loch.

Später das Essen, ihre Augen, ihr …

»Du redest dir alles schön«, sagt die Stimme aus dem Nichts. »Du bist das Opfer und der Held zugleich, wunderbar.«

Ich schlage mit der Hand in Richtung der Stimme, die verschwindet und auf der anderen Seite wieder ertönt: »Taritara, alles ist wunderbar.«

»Verschwinde, verdammt«, fluche ich leise. »Ich brauche keine klugen Ratschläge.«

»Was dann?«, fragt die Stimme.

»Sabine, Sabine und nochmals Sabine!«, schreie ich in mich hinein.

»Und warum?«, fragt die Stimme.

»Weil – weil wir zusammengehören.«

»Aber warum?«

»Weil es unser Leben ist, unseres!«

»Sabine ist zu Tode gekränkt.«

»Aber …«

»Es war nichts, es war nichts«, unterbricht mich die Stimme. »Wenn es doch so einfach wäre.«

»Was daran ist …«, versuche ich mich zu rechtfertigen.

»Na, was jetzt? Nicht zu verstehen? Taritara, alles ist wunderbar. Ungefähr so richtig?«, zischt die Stimme in mein Ohr.

»Ja!«, schreie ich laut und die Stimme verstummt.

Sabine

Ich liege auf Herrn Johannsens Schlafsofa. Habe Lust auf nichts. Über mir die weiß gekalkte Decke.

Als ich Gertrud damals riet, Reinhard zu verlassen, verstand ich nicht, dass sie zögerte.

»Warum?«, fragte ich sie. »Warum gehst du immer wieder zu ihm?« Ich weiß nicht mehr, was Gertrud mir geantwortet hat, ich glaube, sie hatte keine Antwort auf meine Frage.

Es macht mich müde, mich immer wieder in der Erde versinken zu sehen, ohne mich wehren zu können, wenn sich der Boden plötzlich vor mir teilt. Zunächst entsteht ein kleiner Riss, ich springe zur Seite, die Erdspalte bricht auseinander, in der Mitte ich, die ins Schwarze gleitet, langsam, gesteuert durch eine unsichtbare Hydraulik. Ich versuche Halt zu finden an den rissigen, rauen Rändern. Erde und Gesteinsbrocken brechen ab und fallen mir auf die Füße. Es wird schwarz, und im nächsten Moment laufe ich schon wieder. Auf dem weißen Sand, Asphalt oder Rasen.

Warum versinke ich, nicht Rainer?

Warum weine ich, nicht Rainer?

Warum fühle ich mich schuldig, nicht Rainer?

Meine Wut, ich will meine Wut wiederhaben, will zu Rainer gehen, mich auf ihn stürzen und mit beiden Fäusten auf ihn einschlagen, bis er schreit. Ich will ihn nackt durchs Dorf treiben, nicht nur in der Nacht. Und ich will heulen, bis er ertrinkt in meinen Tränen.

Meine Kraft, ich will sie zurückhaben und Rainer

in den Arm nehmen, lieben, bis wir erschöpft zur Erde sinken.

Und den Mut, ich will ihn haben, um mich für das alles hassen zu können.

Ich stehe auf, verlasse das Haus, gehe, laufe, renne.

Rainer

Es wird kühler, es muss bereits kurz nach neun sein. Der Strand ist leer, die Nordsee in sich verschwunden und der Wind kraftlos. Selbst die Möwen scheinen zu schlafen.

»Immer noch alleine?«

Ich kenne die Stimme.

Loana stellt etwas im Sand ab und setzt sich neben mich.

»Champagner«, sagt sie. »Eine kleine Entschuldigung.«

Ich schüttele den Kopf.

»Laut oder leise?«

Noch mehr Rätsel, denke ich müde.

Ein Knall. Der Sand vor unseren Füßen sprudelt. Loana reicht mir ein Glas. Ich schüttele wieder den Kopf.

»Bitte.«

»Und dann?«

»Erzähl ich dir die Geschichte.«

»Ich will sie nicht hören!«

Loana hält das Glas vor mich hin, bis ich es widerwillig nehme. Sie hebt ihres, sagt: »Es war ein Spiel« und führt das Glas zum Mund.

Ich trinke nicht. Schweige.

»An einem unserer Frauenabenden hat alles angefangen. Wir haben gewettet.«

»Interessant«, sage ich lustlos.

»Ich habe behauptet, jeder Mann wäre verführbar, egal, in welcher Situation. Lisa, meine Freundin ...«

»Und?«

»Lisa ist mit mir auf der Insel.«

Ich schütte den Champagner in den Sand.

»Als wir dich gestern mit deiner Frau am Strand gesehen haben, meinte Lisa, ich solle es doch beweisen – und dann haben wir gesehen, wie ihr im gleichen Hotel abgestiegen seid – ja, und dann ... In dem Moment, in dem du mein Zimmer betreten hast, sollte es eigentlich zu Ende sein, das Spiel meine ich. Aber dann ...«

Loana schenkt mir erneut ein. Ich trinke in einem Zug und verlange mehr.

»Und heute Nachmittag?«, frage ich.

»Ich wollte dich aufmuntern, ich dachte – vielleicht hatte ich auch ein schlechtes Gewissen. Ich weiß es nicht.«

»Gewissen?«, frage ich kraftlos.

»Es war Spaß, ein Spiel, mehr nicht.«

»Taritara, alles ist wunderbar«, murmele ich vor mich hin.

»Es tut mir leid«, sagt sie leise.

»Mir auch«, sage ich. »Mir auch.«

Loana legt ihren Kopf an meine Schulter.

Sabine

Meine Mutter sagte immer: »Ohne Fleiß kein Preis.«

Dabei war sie ihr Leben lang fleißig, aber einen Preis hat sie nie bekommen. Vielleicht meinen Vater oder mich oder meinen Bruder. Schöne Preise. Mein Vater, der ohne seine Frau verloren gewesen wäre, es aber nie merken durfte, mein Bruder, mit seinen ständigen Krankheiten, die für fünf Kinder gereicht hätten, oder ich, mit meiner Dauerpubertät zwischen zwölf und achtzehn. Wo Mutter dabei geblieben ist, ist mir ein Rätsel.

Aber wenn ich ehrlich bin, habe ich auch nie danach gefragt.

Es interessierte mich nicht. Als ich noch zu Hause lebte, waren meine Eltern für mich eine einzige Katastrophe, hinterwäldlerisch wäre sicher noch die freundlichste Beschreibung gewesen, die in dieser Zeit über meine Lippen gekommen wäre. Später schien es mir so, als wären unsere Leben so weit voneinander entfernt wie Erde und Mond, eine Strecke, die vielleicht zu bewältigen war, aber nicht für mich.

Heute ist es zu spät, denke ich. Jetzt, genau jetzt, könnte ich Mutters Rat gebrauchen. Ihre Erfahrung aus diesen vielen schrecklichen Jahren.

Waren sie wirklich schrecklich? Mutter war ihr Leben lang gut gelaunt. Aber? Nichts aber, würde sie sagen und vielleicht, dass ich immer schon auf einen Prinz gewartet habe, der mich befreien würde. Ja, und, würde ich etwas zu laut erwidern. Sie würde mit der Hand über meinem Kopf streichen und ruhig antworten: »Der einzige Prinz in unserem Leben sind wir selbst.«

Aber sie ist gestorben, zu früh, viel zu früh.

Rainer

Es ist albern. Ich sitze hier mit einer Frau im Sand, die ich nicht kenne, die aber den Kopf an meine Schultern lehnt, mir wirre Geschichten über Frauenwetten erzählt, dabei noch Champagner serviert und zu guter Letzt mit mir auf das Meer wartet. Es ist albern und kitschig. Ich bin zu alt für diesen Quatsch.

Zu alt für – alles?

Ich höre Sabines Worte, wie sie von einer Bank im Freien schwärmt, auf der wir in der Frühjahrssonne sitzen, alt und grau, aber zusammen.

Taritara, alles ist wunderbar.

Warum rücke ich nicht zur Seite, stehe auf und verschwinde?

»Gehen wir noch ein paar Schritte?«, fragt Loana.

»Sicher, so romantisch wie jetzt wird es so schnell nicht wieder«, erwidere ich schärfer als ich eigentlich will.

»Du hast recht, ich werde in mein Luxushotelzimmer verschwinden. Viel Glück bei der Suche.«

Sie dreht sich nach einer Weile um, hebt ihre Hand und schwenkt sie, zweimal.

Montag

Sabine

Die Sonne springt durch das Sprossenfenster und verteilt ihre Kraft in Herrn Johannsens Arbeitszimmer. Ich liege seit Stunden wach und sehne mich nach ihr. Jetzt, wo die Sonne da ist, sich langsam ausbreitet, bin ich enttäuscht. Was habe ich nur erwartet?

Das Handy liegt neben mir auf dem Boden, aber ich habe es stumm gestellt. Es hat in der Nacht mehrfach aufgeleuchtet. Ich nehme es in die Hand. »Acht Nachrichten« steht auf dem Display. Alle von der gleichen Nummer. Ich lösche sie, schreibe eine SMS. »Fahr zur Hölle, du Miststück, und lass mich in Ruhe.« Ich drücke auf *Senden*. Schreibe erneut: »... und Rainer auch!«

Herr Johannsen ist bereits im Atelier. Ich höre ihn, als ich aufstehe und das Kleid anziehe.

Ich öffne die Tür. »Einen wunderschönen guten Morgen, meine Liebe«, begrüßt er mich.

Wunderschön, gut? Dieser Morgen ist weder schön noch gut. Er ist einfach da und ich werde ihn ertragen.

»Warum sind Sie so freundlich zu mir? Nehmen mich ganz selbstverständlich in Ihrem Haus auf, obwohl Sie mich überhaupt nicht kennen?«

»Ich weiß es nicht. Und bevor Sie fragen, ich weigere mich auch, darüber nachzudenken.«

»Warum?«

»Weil ich zu alt bin? Ich weiß es nicht. Es gab eine Zeit, da habe ich nicht nur meinen Tagesablauf geplant, sondern auch mein gesamtes Leben.«

»Aber …«

»Sie haben recht, ich hätte Sie damals nicht ins Haus gebeten. Aber wir sind uns Jahrzehnte später begegnet und jetzt sind Sie hier.«

Ist es so einfach, frage ich mich, etwas geschehen lassen, ohne sich dagegen zu wehren oder es sofort zu bewerten, die Vor- und Nachteile zu ergründen? Sich fallen lassen in den Lauf der Zeit, ist das das Geheimnis?

Ich will aber nicht fließen, mich fallen lassen, ich will ich sein, jetzt!

»Und wer bist du?«, fragt Mutter im Hintergrund.

»Ich!«, schreie ich so laut ich nur kann.

»Seit wann?«, fragt Mutter weiter.

Ich drehe mich um. Mutter ist nicht mehr da.

»Immer bist du weg gewesen«, flüstere ich.

»Du irrst, mein Kind, ich war da«, kommt es aus der Ferne.

Rainer

Mir ist warm im Gesicht. Ich drehe mich um. Der Sand ist hart. Ich öffne die Augen. Es ist hell, die Sonne steigt tief über dem Horizont auf. Die Flasche Champagner liegt im Sand, leer. Ich habe sie ausgetrunken, nachdem Loana gegangen war.

In der Ferne sehe ich einen Kopf im Wasser. Meine Füße sind kalt. Ich steige aus dem Schlafsack, ziehe meine Schuhe an, die inzwischen aussehen wie Sabines Gartenstiefel.

Ich hätte die Schuhspanner mitnehmen sollen, sage ich mir, und gleichzeitig taucht vor meinen Augen Karl auf, der mich auslacht. »Tausend-Euro-Schuhe am Strand, das hat Niveau.« Ich ignoriere sein Grinsen und trete mit Kraft gegen eine kleine Sandburg. Es wirbelt feiner Sand auf, der mir in die Augen fliegt. Ich springe wütend auf die Burg, stampfe hin und her, bis alles in Trümmern liegt.

Drehe ich bald durch?, frage ich mich.

»Ja«, sagt die Stimme vom Vortag.

Den Gefallen werde ich dir nicht tun, schreie ich ihr entgegen.

»Spätestens nach drei Tagen am Strand siehst du so aus wie der Bettler, dem du letzte Woche kein Geld geben wolltest.«

Ich sprinte los, der frische Wind fühlt sich gut an auf der Haut.

»Taritara, alles ist wunderbar«, ruft die Stimme hinter mir her.

Ich hebe meinen Mittelfinger, ändere meine Richtung und lasse mich einen Augenblick später rücklinks in die weiche, ansteigende Düne fallen.

»Frühstücken oder sitzen?«, fragt Herr Johannsen.

»Ein Kaffee wäre gut«, sage ich und setzte mich ins Atelier auf meinen Platz. Herr Johannsen reicht mir die Tasse, bevor er sich an seine Staffelei stellt. Die Ruhe umhüllt mich augenblicklich, es ist, als fiele ich in Trance, geführt durch die Geräusche des Pinsels.

Meine Mutter winkt mir durchs Fenster zu. Ich will zu ihr, aber sie ist bereits wieder verschwunden.

Rainer steht vor mir. Er ist jung. Seine Haare sind wieder lang und er trägt das Hawaiihemd. Er hat eine schwarze Muschel in der Hand und versucht, sie mit einem Taschenmesser zu öffnen. Ich will ihn davon abhalten, aber Louis legt seine Hand zärtlich auf meinen Arm und sagt auf Französisch: »Er muss das tun, es ist seine Aufgabe.« Er gibt mir einen sanften Kuss auf die Wange und sagt: »Kommst mit mir?«

Ich schüttele den Kopf.

»Bitte jetzt einen kurzen Augenblick still halten!«, höre ich Herrn Johannsen aus der Ferne und bleibe ruhig sitzen.

»Ich liebe dich«, sagt Louis, der hinter mir steht.

»Es ist ein halbes Leben her. Schon vergessen?«, sage ich.

»Nein, die Nacht lebt in mir.«

»Seit fünfundzwanzig Jahren!«

Louis nickt, scheint über etwas nachzudenken und fragt erstaunt:. »Wie alt ist dein Sohn?«

»Das geht dich gar nichts an!«

Meine Mutter fragt mich entsetzt: »Was meint er damit?«

»Nichts!«, schreie ich. »Lasst mich in Ruhe, ich muss hier still sitzen. Ich habe es versprochen.«

»Danke«, sagt Herr Johannsen in diesem Moment. »Sie können sich wieder frei bewegen.«

Ich suche Louis, aber er ist verschwunden. Auf der Erde liegt ein abgeschnittenes Büschel Haare.

»Ich fahre morgen nach Hause«, sage ich zu Herrn Johannsen.

»Sie werden sicher die richtige Entscheidung treffen. Das Porträt wird in jedem Fall heute fertig.«

Die richtige Entscheidung, denke ich, was ist schon richtig, was ist falsch? Nichts ist mehr, wie es war. Dabei weiß ich im Moment nicht einmal, wie es war, als mein Leben noch normal war. Normal? Ja, normal wäre der richtige Begiff für diesen Zustand.

»Zustand?«, fragt Louis. »Ich kenne das Wort nicht.«

»Wenn das Leben sich immer wiederholt, meint meine Kleine«, erklärt Mutter aus der hintersten Ecke.

»*Wer* sagt das?«, frage ich bissig.

»Ich, mein Kind.«

Es wird still im Raum.

Als ich klein war, wollte ich so sein wie Mutter, als ich älter wurde, wollte ich alles andere auf der Welt sein, nur nicht so wie meine Mutter.

Und heute?

Rainer

Enno sitzt Pfeife rauchend vor seinem Haus. Ich setze mich neben ihn. Er nickt. Es ist früh am Morgen, die erste Fähre steht noch aus.

»Meine Familie lebt seit fünf Generationen auf der Insel. Ich bin der Letzte in der Reihe.«

Wieder fünf, denke ich, und dass ich nicht einmal meinen Großvater kennengelernt habe. Er starb, lange bevor ich geboren wurde. Vater hat wenig von ihm erzählt. Ein sturer Knochen sei er gewesen, einer, der keine andere Meinung zugelassen habe. Selbst sein früher Tod sei auf diese Sturheit zurückzuführen, sagte Vater einmal. Mein Großvater habe sich bei der Arbeit an der Hand verletzt, sei nicht zum Arzt gegangen und an einer Blutvergiftung gestorben. Ich wunderte mich über diese Aussagen meines Vaters, da er in meinen Augen ebenso unbelehrbar war. Konservativ, hätte mein Vater mich korrigiert und eine neue Runde unserer sinnlosen Gespräche über Politik und Kirche eingeläutet. Mutter hat sich in diesen Situation zurückgehalten und schweigend zu Vater gehalten. In dem Jahr vor meinem Auszug in die große Stadt sprach ich mit Vater nur noch selten, meistens kurz und über unverfängliche Themen. Diesen *Waffenstillstand* hielten wir über Jahrzehnte aufrecht, und erst in der Zeit vor seinem Tod schien es mir so, als würde Vaters Interesse an mir und meinem Leben stärker werden. Aber das fiel mir erst auf, als es zu spät war. Damals endete mein Arbeitstag frühestens nach zwölf Stunden, der Rest ging unter in gutem Whisky und Dahindämmern vor dem Fernseher.

Enno legt seine Pfeife auf die Bank. Er sucht in seinen Taschen und holt eine alte Blechdose, gefüllt mit Tabak, hervor. Er stopft das dunkle Kraut langsam in den Kopf der Pfeife und klappt das Feuerzeug auf.

»Hast du einen Jungen?«

»Janus«, antworte ich.

Enno nickt.

»Er studiert.«

Enno zieht kräftig an seiner Pfeife, bläst langsam den Rauch aus sich heraus.

»Ich kann dich zurückbringen.«

Ich verstehe im ersten Augenblick nicht, was Enno meint, bis er hinzufügt: »Wo ich euch schon hergebracht habe.«

»Morgen, vielleicht morgen«, antworte ich.

Die ersten Badegäste laufen an uns vorbei. Die Geräusche der Bollerwagen kommen mir vertraut vor. Ein Kind schreit.

Enno geht ins Haus. Ich bleibe sitzen.

Sabine

Warum sitze ich hier, versinke in mir selbst, während der Pinsel von Herrn Johannsen seiner Arbeit nachgeht?

Weil ich Zeit brauche, weil ich warte, bis die Schreie in mir verhallen und ich die Worte wiederfinde?

Warum Worte? Weil Worte besser sind als Schreie?

»Ich habe immer nur mich selbst angeschrien«, sagt Mutter, die aus der Ecke hervortritt und zu Herrn Johannsen geht. Sie betrachtet das Porträt, tritt einen Schritt zurück, schaut zu mir und wieder zur Leinwand. Plötzlich nickt sie, als würde sie mich in den Pinselstrichen von Herrn Johannsen erkennen.

»Ich habe es nie gehört, Mama.«

»Wir Frauen sind gut im Versteckspiel, mein Kind.«

»Ich nicht, Mama.«

»Ich habe so lange nicht einmal meine eigenen Schreie gehört. So gut habe ich sie versteckt.«

Mutter steht immer noch hinter Herrn Johannsen, blickt wie gebannt auf die Leinwand.

»Warum bist du bei Papa geblieben?«

Mutter schüttelt den Kopf, als ob ihr diese Frage nicht gefallen würde, wendet sich ab und geht.

»Warum?«, schreie ich hinterher. »Warum?«

»Weil sie ihn geliebt hat«, sagt Louis, der wieder neben mir steht.

»Was weißt du schon von Liebe«, fahre ich ihn grob an.

»Shakespeare, Bizet, Goethe, Heine«, sagt er.

»Adrenalin, Dopamin, Endorphin, Cortisol. Schon mal gehört? Gehirn, Chemie?«

»Nein.«

»Sieh an, immer noch auf dem schicken Boot unterwegs und nicht in den Hörsälen der Sorbonne?«

»Nein, schon lange nicht mehr. Und du? Hast du deinen Traum verwirklicht und Medizin studiert?«

»Haben wir nicht gerade über Liebe gesprochen, Louis?«

»Ja, mon amour, das haben wir.«

Rainer

Ich sitze immer noch auf der Bank vor Ennos Haus und vermute, dass ich kurz eingeschlafen bin, da der Menschenzug zum Strand abgeebbt ist und nur noch vereinzelt Bollerwagen über den gepflasterten Weg vorbeirollen.

Enno ist nicht zurückgekommen. Ich spiele mit den Tasten meines Handys, tippe »Hallo«. Lösche es wieder.

»Angst?«, fragt die Stimme neben mir.

Ich kenne die Stimme, denke ich, nur weiß ich nicht mehr, wohin damit. Mein Onkel Josef? Aber er sprach immer mit dem Akzent meiner Heimat, die Stimme nicht.

»Angst?«, fragt die Stimme wieder.

»Halt deinen Mund.«

»Warum?«

»Weil ich es sage.«

»Verstehe.«

Ich stehe auf und spüre meinen Magen. Wann habe ich das letzte Mal etwas gegessen? Gestern Morgen bei Enno? Ich laufe ins Dorf, suche einen Bäcker. Als ich im Laden das Brötchen bezahle und mich danach zur Tür wende, bemerke ich, dass ein Blatt an einer gegenüberliegenden Hauswand klebt. Es ist Sabines Blatt. Ich erröte, aber niemand scheint es zu merken.

»Warum bist du vor den drei Worten geflüchtet?«

»Schweig«, zische ich in Ennos Garten hinein.

»Wenn ich meine Antwort habe, gerne.«

Antwort, Antwort, denke ich resigniert, warum reden über etwas, was vorbei ist. Ich kann es nicht mehr ändern, auch wenn ich noch so viele Worte verliere.

»Bekomme ich sie noch?«

»Was, bitte?«, frage ich gereizt.

»Die Antwort.«

»Es gibt keine. Es gibt einfach keine.«

»Es wird eine geben müssen.«

»Warum, verflucht?«

Die Stimme schweigt, legt sich in den Wind und lässt sich davontragen. Sieh an, denke ich, wenn es schwierig wird, verschwindest selbst du.

Sabine

Herr Johannsen wirkt erschöpft. Er legt den Pinsel zur Seite.

»Ich brauche eine Pause.«

Er geht in die Küche und lässt mich zurück auf diesem Stuhl, der mich festhält und immer wieder in die Vergangenheit zurückwirft.

Warum bin ich damals im Frankreichsommer vom Boot und aus dem Land geflüchtet? Hatte ich Angst, dass meine kleine Welt zerbricht, dass ich mich verlaufe, ohne Karte in der Hand, ohne Rückfahrschein, ohne …

»Du hast dich damals entschieden!«, sagt meine Mutter, die plötzlich wieder im Raum steht. »Und war die Entscheidung so schlecht?«, fügt sie hinzu.

»Ist das wirklich die richtige Frage, Mama?«

»Es gibt keine richtigen oder falschen Fragen, mein Kind.«

»Wir waren so jung!«

Und jetzt bin ich alt, denke ich, stehe vor einem Riesenloch und hoffe, dass jemand kommt und es mit Sand auffüllt.

»Ist dein Rainer nicht in der Baubranche«, wirft Louis spöttisch ein. »Nur ein Anruf und die Bagger fangen an zu arbeiten.«

»Der kleine Franzose ist eifersüchtig«, lacht Mutter.

»Hahaha«, giftet Louis meine Mutter an. »Doch nicht auf diesen hölzernen Deutschen. Nie im Leben.«

Ich halte mir die Ohren zu, sehe, wie Louis weiter auf Mutter einredet, die wild mit den Händen gestikuliert, während ihr Mund auf- und zuschnappt.

»Seid ihr fertig?«, schreie ich und bemerke die erstaunten Gesichter der Beiden.

»Ihr seid gar nicht hier, euch gibt es überhaupt nicht. Aber ihr wollt mir trotzdem vorschreiben, wie ich zu leben habe. Ihr seid nichts. Gar nichts!«

»Und du?«, fragen beide gleichzeitig.

Rainer

Enno kommt wieder zurück und setzt sich. Er zieht seine Pfeife aus einer Seitentasche der Hose.

»Kann ich meinen Koffer für einen Tag bei dir abstellen?«, frage ich.

»Im Flur, ganz hinten«, antwortet Enno einsilbig.

»Danke«, sage ich und gehe. Meine Beine sind so schwer, als hätte ich einen Marathon gelaufen. Die Füße schmerzen, und meine Schuhe brauchen dringend Creme.

Ich betrete den Vorraum des Hotels, es ist angenehm kühl hier. Die Rezeption ist nicht besetzt, und ich schlage auf die kleine Glocke, die auf dem Tresen steht. Das Lächeln scheint heute frei zu haben, eine Dame betritt resoluten Schrittes den inneren Bereich und begrüßt mich. Ich frage nach meinem Koffer, sie erkundigt sich nach der Zimmernummer.

»Leider ist etwas Unangenehmes passiert«, sagt die Dame mit strenger Miene.

Ich wundere mich, dass sich meine Geschichte schon bis hierher herumgesprochen hat. »Danke für Ihr Verständnis.«

»Sie wissen es schon?«, fragt sie verwundert.

»Das war kaum zu vermeiden«, sage ich trocken.

»Wir mussten leider die Polizei verständigen.«

»Das wäre nicht nötig gewesen. Meiner Frau geht es gut.«

»Ich fürchte, wir sprechen über verschiedene Sachverhalte«, sagt die Dame und schaut etwas verlegen zur Seite.

»Wenn Sie meinen! Kann ich jetzt meinen Koffer bekommen?«

»Ich muss Sie um einen Augenblick Geduld bitten. Der Geschäftsführer sollte jeden Moment hier sein.«

»Das wäre nun wirklich nicht nötig gewesen. Es reicht, wenn Sie mir den Koffer geben«, sage ich und halte meine geöffnete Hand in ihre Richtung.

Hinter mir räuspert sich jemand. Ich drehe mich langsam um. Ein Herr in diskretem Schwarz und mit ernstem Gesicht steht vor mir.

»Meier, ich bin der Geschäftsführer und Sie – Herr Rosenbaum?«

Ich weiß nicht, ob ich lachen oder wütend werden soll, entscheide mich für einen respektablen Mittelweg und schweige.

»In Ihrem Zimmer ist etwas vorgefallen«, erhalte ich als Antwort.

Ich nicke, sage ruhig und äußerst konzentriert: »Sicherlich haben dort diverse Paare bereits diverse Kinder gezeugt, während sich andere dort für alle Ewigkeit entzweit haben. Und vermutlich hat dieses Zimmer noch andere Dramen und menschliche Entgleisungen erlebt. Ich weiß es nicht und will es auch nicht wissen. Ich brauche einfach nur meinen Koffer.« Die letzten Worte springen zu laut aus meinem Mund, mein Gesicht ist zu rot, meine Hände sind zur Faust geballt.

Der Geschäftsführer scheint kurz zu überlegen. »Wenn Sie bitte mitkommen würden?«

Meine Wut prallt ab an diesem akkurat sitzenden Anzug, diesem gleichmäßigen Gang und den vorbildlich ausbalancierten Armen, die im Gehen nur leicht schwingen.

»Folgen Sie mir bitte!«, sagt der sich zu mir drehende Körper streng. Ich gebe auf und kurze Zeit später erreichen wir das Zimmer, in dem Sabine und ich hätten schlafen sollen. Der Herr in Schwarz zieht einen Schlüsselbund aus seiner Tasche und wählt mit einem geschickten Handgriff den richtigen aus. Dreht zweimal, tritt einen Schritt zur Seite und greift in dieser

Körperbewegung nach dem Türgriff. Warum steht mein Koffer hier, denke ich verärgert und trete ein.

Sabine

Louis und Mutter stehen erwartungsvoll vor mir und sehen aus, als hätten sie etwas Wichtiges gesagt. Dabei sollen mich diese Luftmenschen einfach nur in Ruhe lassen. Ich wende mich ab. Als ich wieder zur Staffelei blicke, ist das Zimmer leer.

Liebe, was ist Liebe? Vertrauen? Habe ich Rainer vertraut? Das sind doch alles nur Worte, Buchstaben, zufällig zusammengewürfelt. Warum nicht anders: rauentrev oder ervrauent oder ertrauven.

Langsam drehe ich durch, denke ich, brauche nur noch ein klein wenig mehr Mut, um mich in eines dieser schwarzen Löcher fallen zu lassen.

Hat Rainer mir vertraut? Haben wir uns vertraut? Oder nur aufeinander verlassen?

»Wärst du gesprungen?«, höre ich Louis aus der Tiefe des Raumes fragen.

»Gesprungen?«

»Mit mir aus dem Flugzeug gesprungen! Weißt du nicht mehr, was wir zusammen machen wollten?«

Ich erinnere mich. Louis schwärmte vom Fallschirmspringen. Sein Onkel besaß eine Flugschule, in der Louis den Sport gelernt hatte. Als Louis begeistert davon erzählte, lief mir ein Schauer über den

Rücken. Ich hatte Angst vor Höhen und verschwieg es Louis nicht. »Vertrau mir«, sagte er damals. »Wir springen zusammen, als Tandem.« Ich schüttelte in dieser Nacht nur den Kopf, aber er schwärmte weiter: »Es gibt nichts Berauschenderes als den Flug durch die Luft. Es ist die absolute Freiheit. Vertrau mir und wir fliegen.«

Auch von diesem Gespräch habe ich Rainer nie erzählt. Hätte er es verstanden und gemeinsam mit mir über Louis' Vorschlag gelacht? Vertraute ich Rainer nicht? Ich weiß es nicht mehr, aber dafür erinnere ich mich gut an die nächtelangen Streitgespräche der späteren Jahre. Eigentlich ging es immer um Kleinigkeiten, über die ich heute lachen würde. Aber wenn ich genau hinsehe, waren es die Konflikte hinter diesen unbedeutenden Streitereien und die Frage, wer von uns beiden einlenkte, sich von den besseren Argumenten des anderen überzeugen ließ. Und Rainer hatte stets gute Erklärungen.

Barbara sagte mir einmal, Männer, die reden könnten, seien gefährlich, denn sie würden uns Frauen die Seele wegdiskutieren.

»Haben Männer keine Seele?«, fragte ich Barbara damals, und sie antwortet: »Vernarbte, zu Stein gewordene, blutleere. Kein Ahnung, es ist mir auch egal, solange sie mich mit ihrem Gefasel in Ruhe lassen. Frauen und Männer sollten andere Dinge miteinander tun, als reden.«

Das ist Barbaras kleine Philosophie der Geschlechter, einfach und passend für alle Gelegenheiten. Zumindest für ihre Gelegenheiten. Vertrauen ist für Barbara ohnehin eine Tugend, die allenfalls ihre Berechtigung in

Liebesromanen hat, aber sicher nicht im Umgang mit Männern.

Manchmal kommt es mir so vor, als verachte sie die Männer an ihrer Seite, schaue auf sie hinab, und die Männer scheinen es nicht einmal zu merken. Oder ist es ihnen einfach nur egal? Vielleicht genießen sie diesen Zustand sogar, diesen nicht enden wollenden Kampf, der keine Sieger und keine Besiegten kennt, da ohnehin niemand bereit ist, seine Rüstung fallen zu lassen und sich der Gefahr auszusetzen, verletzt zu werden. Es könnte ja tatsächlich Blut fließen und nicht nur diese Unmengen von künstlicher Flüssigkeit, auf Vorrat gekauft und selbstverständlich auswaschbar. Alle scheinen diese immer perfekter werdenden Rüstungen zu lieben, die kaum noch wahrzunehmen sind, aber um ein Vielfaches widerstandskräftiger sind als alles bisher Bekannte.

Ich schaue an mir herunter, suche meine Rüstung.

»Du machst dir zu viele Gedanken, Kleines«, lacht Mutter mich aus. »Überlege lieber, warum Rainer zu einer anderen Frau geht.«

»Was meinst du, was ich hier tue«, zische ich gereizt in den Raum hinein.

»Dich bemitleiden, was sonst?«

»Madame«, mischt sich Louis ein. »Rainer ist der Schuft, nicht Sabine.«

Fantastisch, denke ich, was mache ich hier nur? Höre Stimmen, die mir unaufgefordert Ratschläge geben, laufe im Kleid einer Toten herum und spiele für einen alten Maler das Modell. Nicht zu vergessen die Anrufe bei der Geliebten meines Ehemannes und die merkwürdigen Fragen, die ich ihr stelle.

Ich spüre, dass etwas passieren muss, greife zum

Handy und tippe. Nachdem ich auf *Senden* gedrückt habe, atme ich tief durch. Hinter dem Fenster steht Mutter mit einem Lächeln im Gesicht und klatscht lautlos in die Hände.

Rainer

Im ersten Moment denke ich, Frau Holle war hier, und das mitten im Hochsommer. Beim zweiten Blick stellt sich die Schneedecke als kleine weiße Gänsefedern heraus, die säuberlich über das ganze Zimmer verteilt sind. Der Sesselstoff, der im Sitzbereich weit auseinander klafft und dabei verschiedenfarbige Schaumstofflagen frei gibt, scheint mit einem Messer bearbeitet worden zu sein. Die Vorhänge sind von unten nach oben aufgerissen und hängen wie Putzlappen von der Stange. Über dem hellen Sofastoff liegt eine rote, klebrige Masse, die aussieht wie Flüssigseife. Die Wände sind großflächig mit einem roten Stift bedeckt. »Ich hasse dich, du elendes Arschloch. Verrecke!«

»Wird Halloween hier auf der Insel schon im Sommer gefeiert?«, frage ich.

»Der Schaden wird sich auf mindestens zehntausend Euro belaufen«, entgegnet der Geschäftsführer ruhig.

»Das würde ich auch so schätzen«, antworte ich gelassen. »Wenn Sie mir jetzt meinen Koffer geben, verschwinde ich und Sie können sich ans Aufräumen machen.«

»Kann ich davon ausgehen, dass Sie die Sache unbürokratisch regeln?«

»Unbürokratisch?«

»Sie verstehen mich schon, Herr Rosenbaum.«

»Sie haben recht. Wenn meine heimliche Geliebte mich in eine solche Verlegenheit bringt, sollte ich das schnell und, wie haben Sie es genannt, unbürokratisch regeln.«

Der Geschäftsführer nickt zufrieden.

»Haben Sie einen Kugelschreiber für mich?«

Ich greife nach dem Stift und laufe über den Schneeteppich zum Schreibtisch, auf dem ein Hotelblock liegt. Ich schreibe Alices Namen und Adresse auf.

»Soweit ich informiert bin, ist die Dame schon volljährig und ihr Jahreseinkommen sollte für diesen kleinen Schaden auch ausreichen. Ich hoffe, Sie sind mir nicht böse, aber ich wäre Ihnen jetzt sehr verbunden, wenn Sie mir meinen Koffer aushändigen könnten.«

Das Lächeln weicht aus dem Gesicht des Geschäftsführers, ein scharfer Zug um seinen Mund wird für einen kurzen Moment sichtbar. »Wie Sie meinen, mein Herr.«

Mein Handy summt, ich stelle den Ton ab, folge dem Geschäftsführer durch die Gänge, bekomme meinen Koffer und verlasse das Hotel.

Das Handy, denke ich, hole es heraus und lese.

»Rainer, wo finde ich dich? Wir müssen reden. Sabine.«

Sabine

»Am Strand. Gleicher Platz. Rainer.«

Ich lese die Nachricht, ziehe die Wanderschuhe an. Es ist nicht weit, denke ich, vielleicht eine Viertelstunde. Und dann? Ich weiß es nicht. Vielleicht ist es so einfach. Ich tue das, was ich in diesem Augenblick für richtig halte, ohne mich ununterbrochen rechtfertigen zu müssen, vor mir, vor Rainer, vor Barbara oder Gertrud oder dieser ganzen verdammten Welt.

Es ist meins. Das da drinnen ist meins. Niemand kann mir sagen, ob ich jetzt zu Rainer gehen soll oder nicht. Es ist mein Gesicht, das ich verliere, meins. Und wenn es nicht meins ist, ist es ohnehin egal, wo es liegt. Soll es doch da bleiben, wo ich es verloren habe. Ich brauche es nicht mehr.

Ich brauche nur mich. Ich will nur mich. Diese Person, die ich schon so lange mit mir herumtrage, ich will wissen, wer sie ist. Sie und nicht irgendetwas davor, daneben, dahinter.

Warum jetzt? Nach so vielen Jahren.

Alles steht auf dem Kopf, nur ich laufe richtig herum. Das sieht lächerlich aus: diese ganzen hängenden Menschen, Bäume, Häuser und ich in den Wolken. Sollte ich nicht schwerelos sein, fliegen, schweben, ohne Mühe hochspringen können, anstatt mich in diesem Nichts von Wolkenmeer bewegen zu müssen? Manchmal sehe ich etwas, ganz klar und deutlich, dann wieder ist alles verschwommen, unendlich nebelig.

Ich will zurück, ich will zu Rainer, ich will nach Hause. Aber es gibt keinen Weg. Nur mich.

Sabine sitzt neben mir. Überall liegen Menschen am Strand. Sommerwolken haben sich vor die Sonne geschoben.

Wir schauen in Richtung Meer. Ich spiele mit dem Sand vor mir, lasse ihn durch meine Finger laufen, greife wieder nach unten, um den Sand erneut zum Boden rieseln zu lassen.

»Wie geht es weiter?«, fragt Sabine.

Es sind ihre ersten Worte.

Ich zucke mit den Schultern. »Wir fahren nach Hause?«

»Und was machen wir mit Alice?«

»Vergessen.«

»Warum könnt ihr Männer so gut vergessen?«

Ich schweige.

»Weil ihr es gar nicht empfunden habt?«, fragt Sabine ruhig. »Wirklich erlebt habt, meine ich.«

»Ich weiß, dass ich Mist gebaut habe.«

»Seit wann? Seit wann weißt du es?«

»Ist das wichtig?«

»Keine Ahnung. Sag du es mir?«

»Jajaja. Ich habe eine Affäre – gehabt. Ich gebe es ja zu.«

»Wie lange läuft das schon?«, fragt Sabine.

Ich wende mich ab, trete mit dem Fuß Sand von mir weg, schweige.

»Du meinst, das geht mich nichts an?«

»Das habe ich nicht gesagt.«

»Nein, du hast geschwiegen. Das habe ich schon mitbekommen. Also sag schon, wie lange?«

»Länger.«

»Seit wann ist der Herr Architekt nicht mehr in der Lage, genaue Maßeinheiten mitzuteilen?«

»Du bist wütend auf mich. Das verstehe ich auch. Aber …«

»Ach, aber!«

»Können wir nicht vernünftig reden?«

»Was genau ist das?«, zischt Sabine.

Ich schweige wieder. Der Sand rieselt. Zwei Kinder in der Nähe streiten sich um einen Ball. Die Mutter kommt, schlichtet. Der Vater schaut aus der Ferne zu.

»Kannst du mir verzeihen?«

»Was genau soll ich dir verzeihen? Dass du mit dieser Schlampe ins Bett gestiegen bist? Dass du mich angelogen hast, wer weiß, wie lange? Dass das vielleicht nicht das erste Mal war? Dass du es immer wieder machen wirst?«

»Sabine …«

»Ja, sag schon, was genau soll ich dir verzeihen?«

»So kommen wir nicht weiter.«

»Oh, wir kommen so nicht weiter! Sieh an. Und du weißt sicher auch, wie wir weiterkommen, oder?«

»Sabine!«

Das Wasser läuft auf. Die Menschen am Strand gehen nach und nach hinein. Ein Mann bläst ein kleines Schlauchboot auf, während seine beiden Kinder mit großen Augen daneben stehen. Eine Gruppe Jugendlicher mit lauter Musik aus einem Ghettoblaster läuft vorbei.

Möwen fliegen tief über dem Wasser und versammeln sich vor einem Kind, das Brotreste ins Meer wirft. Der Junge scheint keine Angst vor den Vögeln zu haben. Er lässt das Futter direkt vor seine Füße fallen.

»Es hatte alles nichts mit uns zu tun. Es war – es ist einfach so passiert. Und als ich – egal«, versuche ich mich zu rechtfertigen.

»Nein, nein, rede ruhig weiter. Das interessiert mich.«

»Aber – was soll das bringen? Das ist Vergangenheit.«

»Rainer, du redest, als ginge es hier um ein gescheitertes Bauprojekt. Ausschreibung nicht gewonnen. Nach vorne schauen. An die Arbeit gehen.«

Ich reibe mit beiden Händen kräftig über mein Gesicht.

»Vielleicht kann man das tatsächlich ein wenig vergleichen. Wenn wir ein Projekt nicht durchbekommen, analysieren wir auch unsere Fehler, um beim nächsten Mal besser dazustehen«, sage ich.

»Klar, und ich bin irgendein Kostenfaktor, den man in den Griff bekommen muss.«

»Sabine, warum verdrehst du mir das Wort im Mund? Ich meine es doch ehrlich und will über alles reden.«

»Mister Unfehlbar will reden. Nur, Reden alleine reicht nicht aus. Als wenn das so einfach wäre: Mist gebaut, zugegeben, verziehen. Ach, ich habe ja das Wichtigste vergessen: Ab nach Hause, weiterleben wie gewohnt.«

Ich schweige. Sabine steht auf, ich auch und halte ihr die Hand hin. »Bleib, bitte, Sabine, bleib hier.«

»Und dann?«

»Ich weiß es nicht – gehen wir etwas?«

Sabine nickt, geht los, ich schaue mich kurz zu meinen im Sand liegenden Sachen um und laufe hinter ihr her.

Sabine

»Was ist nur passiert mit uns?«, frage ich und bleibe abrupt stehen. »Nie war Ruhe da. Irgendetwas ist immer passiert. Studium, Arbeit, Janus, Haus, Betrieb ...«

»Ist das so einfach? Andere Menschen arbeiten auch, bekommen Kinder, sogar mehr als eins, bauen ein Haus und machen was weiß ich noch alles ...«

»Trotzdem ...«, unterbreche ich Rainer.

»Du hast nie etwas gesagt.«

»Gesagt?«

»Dass du dir was anderes wünscht.«

»Und dann? Hast du einmal nachgezählt, wie viele Tage fünfundzwanzig Jahre sind? Wie häufig wir uns angeschaut haben, zusammen aufgestanden sind, gegessen haben? Uns geliebt und gestritten haben? Wer von uns beiden hat denn so oft nachgegeben? Ich oder du? Was siehst du, wenn du mich anguckst? Ein Möbelstück, an das du dich einfach gewöhnt hast, das bequem ist und zu dir gehört? Hast du jemals gemerkt, wenn ich niedergeschlagen war, nicht mehr weiter konnte? Wenn mir die Decke auf den Kopf fiel? Oder hatte ich da für dich meine übliche schlechte Laune, meine Tage oder einfach zu lange mit Barbara gesprochen?«

Rainer ist unruhig geworden. Er stemmt seine Hände auf die Knie, atmet tief ein und lässt die Luft mit einem langen Seufzer wieder entweichen.

»Das sind jetzt eine Menge Sachen, die du da ansprichst. Du bist kein Möbelstück für mich, das ist doch verrückt. Aber die Liebe bleibt doch nicht so wie am ersten Tag. Vielleicht haben wir nicht genug auf uns geachtet, das kann sein …«

»Erster Tag«, unterbreche ich ihn. »Vielleicht fing es da schon an.«

»Was meinst du?«, fragt Rainer.

»Unser Schweigen.«

»Wir und schweigen. Wir haben so viel miteinander gesprochen. Immer wieder.«

»Hast du sie gezählt? Die Worte, meine ich. Und wenn es Millionen waren, Abermillionen. Was heißt das schon?«

»Dass wir viel miteinander gesprochen haben!«

»Hast du immer alles verstanden, was ich gesagt habe?«

»Wie meinst du das schon wieder?«, fragt Rainer erstaunt.

»Dass es um mehr als ein Wort geht. Um mehr als verstehen.«

»Das ist …«

»Jaja, ich weiß. Alles psychologisches Geschwätz. Bildzeitungsniveau.«

»Du legst mir …«

»Quatsch, sei doch einmal ehrlich. Sag, was du wirklich meinst.«

»Ich habe immer gesagt, was ich meine.«

»Ja, wenn es um deinen Vorteil ging.«

»Jetzt hör aber mal auf. Ich arbeite für uns beide, du lebst wunderbar davon, und jetzt soll ich mich auch noch dafür entschuldigen.«

»Das hat aber lange gedauert«, sage ich bitter.

Rainer schaut mich verwundert an.

»Dass du klar stellst, wer hier die Hosen an hat«, erkläre ich ihm.

»Ich verstehe dich nicht, arbeite zu viel, bin zu wenig zu Hause, kümmere mich nicht genug um dich …«

»Nichts von dem habe ich gesagt. Vielleicht hörst du mir einfach einmal zu. Das wäre ein Anfang.«

»Zuhören, zuhören. Ich höre zu, Sabine. Immer. Sag mir ein Beispiel, wo ich, wie soll ich das jetzt sagen, dir über den Mund gefahren bin, über dich bestimmt habe oder was weiß ich.«

»Klar, du bist einfach der Beste!«

»Du bist es, die mit diesen pauschalen Urteilen kommt, die mich unter Druck setzt, von mir verlangt, dass ich dir deine Wünsche von den Augen ablese.«

»Von den Lippen heißt das!«

Rainer reißt die Arme hoch, fuchtelt in der Luft herum, während er sein Gesicht verzieht. »Augen, Lippen, was macht das für einen Unterschied!«

Ich bleibe stehen.

»Wir müssen umkehren.«

»Umkehren?«

»Zurückgehen! Der Strand ist hier zu Ende.«

Ich drehe mich um, gehe. Rainer bleibt einen Augenblick verwirrt zurück, bevor er mir folgt.

»Warte doch, Sabine!«, ruft er hinter mir her.

Ich laufe mit schnellen Schritten weiter. Rainer holt mich ein.

»Wir sollten was essen«, schlägt er vor.

»Wenn du Hunger hast, bitte. Ich brauche nichts.«

»Aber ich – und ich brauche dich.«

»Das fällt dir spät ein.«

»Wie oft soll ich dich noch um Entschuldigung bitten?«

»Entschuldigung, wann denn?«

»Ich …«

»Klar, du sagst, du hast Mist gebaut und das ist dann deine Entschuldigung. Klasse.«

»Dann – also, ich …«

»Jetzt hör schon auf mit dem Quatsch. Glaubst du wirklich, dass eine Entschuldigung etwas ändert?«

Ich schüttele ärgerlich den Kopf und laufe schneller. In diesem Strandbereich halten sich wenige Menschen auf. Die meisten sind jung, sitzen in kleinen Gruppen zusammen, hören Musik, trinken oder werfen sich Bälle zu.

»Was denn, verflucht noch mal!«, schreit Rainer mir nach. Ich bleibe stehen. Als Rainer mich erreicht, frage ich ihn leise: »Was verbindet uns?«

Warum kann ich mit Rainer nicht reden, frage ich mich.

Ich sitze im Sand, auf *seinem* Platz, warte auf ihn. Nach meiner letzten Frage ist er zurückgeblieben, kommt jetzt langsam auf mich zu. Bleibt stehen.

»Du willst wissen, was uns verbindet?«

»Ja, das war meine Frage.«

»Hast du selbst eine Antwort?«

Ich schweige, warte. Rainer setzt sich neben mich.

»Du willst sicher keine Aufzählungen von mir hören: Janus, unsere Freunde, das Haus …«

Ich schüttele unmerklich den Kopf.

»Vielleicht alles. Ich meine unser Leben. Das Schöne und auch die schlechten Zeiten. Beides haben wir gemeinsam durchgestanden.«

»Durchgestanden, das trifft es vielleicht.«

»Durchlebt! Ist das besser?«

»Zusammen?«

»Was meinst du, Sabine?«

»Ob wir es zusammen durchlebt, erlebt haben?«

»Was für eine Frage!«

»Oder – jeder für sich. Nebeneinander?«

»Wo ist da der Unterschied? Wir sind nun mal zwei Menschen und …«

»Natürlich sind wir keine siamesischen Zwillinge«, unterbreche ich ihn. »Und ich wollte auch nie du werden. Aber …«

Weiter komme ich nicht, breche mitten im Satz ab. Wie soll ich Rainer erklären, was ich selbst nicht verstehe?

Was fehlt mir? Die Euphorie der ersten Wochen?

Aber so etwas hält nicht an, lässt sich nicht immer wieder neu entfachen. In einem Artikel las ich vor Wochen, dass ältere Paare viel weniger voneinander wissen als jüngere. Wissenschaftler in Amerika haben das erforscht. Ältere Paare würden von sich meinen, alles schon zu kennen, und wenn sich etwas Neues im Leben des Partners ergäbe, werde das nicht mehr ausreichend registriert. Jüngere Paare gäben sich mehr Mühe und wollten wissen, was in dem anderen vorgeht, wie er ist. Ist es das? Sind wir zu lange zusammen, haben vergessen, dass neben uns noch ein anderer Mensch ist?

Wenn es doch nur so einfach wäre, dann könnten wir die Zeit nachholen, aufholen oder auch einfach überspringen und neu anfangen. Aber da ist mehr, es liegt tiefer, scheint erst da zu beginnen, wo Rainer und ich angekommen sind.

Aber wo sind wir angekommen? Das klingt nach Zieleinlauf, aber ich erinnere mich nicht daran, an meine Nummer auf dem Trikot, an klatschende Menschen neben mir, die mich erwarteten, die Flasche Wasser, das erschöpfte Ausruhen und die Gedanken an die nächste Herausforderung.

War ich immer nur Zuschauer? Waren wir beide nur Zuschauer unseres eigenen Lebens?

»Vielleicht sind wir alle alleine, immer. Alleine in einem dunklen Raum, ohne Licht, ohne Spiegel und können uns nur ertasten in der Dunkelheit«, sage ich gedankenversunken.

Rainer sieht mich fragend an.

Rainer

Sabine ist wütend auf mich, ich habe sie nie so erlebt.

Vor einigen Wochen erzählte mir einer meiner Kollegen nach dem vierten oder fünften Bier, dass er nach der Scheidung jetzt schon seit sieben Jahren mit seiner neuen Partnerin zusammenlebe und inzwischen immer öfter feststelle, dass die kleinen Macken und Gewohnheiten, die nun einmal jeder mit sich herumschleppe, immer mehr zur Last für den anderen Partner geworden seien. Da helfe nur »aus dem Weg gehen«. Ein Wochenende zusammen verbringen, das ginge ja noch, fuhr mein Kollege fort, aber ständig aufeinander hocken, das sei das Ende jeder Beziehung. Ich solle nicht denken, sie stünden kurz vor der Trennung, erklärte mein Kollege eifrig, nein, darum ginge es nicht. Neue Wege seien wichtig, was irgendwann einmal richtig gewesen sei, sei heute eben nicht mehr relevant.

Ich hörte mir die Gedanken meines Kollegen an, fand alles sehr interessant, nur: An meine eigene Ehe und Sabine dachte ich keinen Augenblick. Ich war damals der Meinung, bei uns sei alles anders, wir stünden über diesen kleinen Verschleißerscheinungen jeder Beziehung, die zwar auch bei uns vorhanden seien, über die wir aber großzügig hinwegsehen könnten. Aber jetzt, wenn ich Sabine höre, bin ich mir nicht mehr so sicher.

Ja, ich habe einen Fehler gemacht, vielleicht ja auch noch einen, das ist alles richtig. Ich kann mir auch vorstellen, wie sich Sabine fühlt, dass sie gekränkt ist und sich sogar über eine Trennung Gedanken macht. Aber warum sollten wir unsere Ehe wegen dieser Sache aufs Spiel setzen. Das, was passiert ist, wird nicht wieder passieren. Ich bin mir sicher, Alice ist für mich gestorben, es ist mir egal, wie viele Zimmer sie verwüstet oder auf welche abstrusen Gedanken sie noch kommt.

»Ich meine«, sagt Sabine. »Hast du nach all den Jahren das Gefühl, du würdest mich wirklich kennen?«

»Selbstverständlich kenne ich dich. Was für eine blöde Frage.«

»Blöde Fragen gibt es nicht. Vielleicht Antworten, die keine sind. Erinnerst du dich an unsere erste Nacht?«

»Du meinst ...«

»Ja, die meine ich.«

»Ich glaube schon. Haben wir uns nicht auf einer Fete getroffen und sind dann zusammen weitergezogen?«

»Weißt du, dass ich fast die ganze Nacht wach gelegen habe, nachdem du eingeschlafen bist?«

»Nein, ich glaub ...«

»Dass ich überlegt habe, ob ich bleibe oder gehe?«

»Aber warum?«

»Du warst der erste Mann, mit dem ich geschlafen habe.«

Ich schweige, denke an damals und an Sabine. Ich weiß nicht mehr, ob wir drüber gesprochen haben, ob ich mir in dieser Zeit Gedanken um solche Dinge gemacht habe, und zucke verlegen mit den Schultern. »Ich erinnere mich nicht mehr so genau an alle Einzelheiten.«

»Vielleicht hätte ich schon damals gehen sollen.«

»Aber warum nur?«

»Weil ich allein war in dieser Nacht?«

»Alleine?«

Sabine

Warum bin ich geblieben? Weil der nächste Tag ein neuer Tag war? Und der darauffolgende Tag wieder ein weiterer. Weil Rainer anders war als alle, die ich vorher kennengelernt hatte? War es so einfach? Entsteht so Liebe? Man lernt sich kennen, schläft miteinander, geht abends zusammen aus, fährt in Urlaub, gewöhnt sich an den Anderen, alles funktioniert, man wird älter, dann das Studium, die Arbeitssuche, der Job, das eigene Geld, man ist immer noch zusammen, wird schwanger, heiratet. Ist das Liebe?

Unsinn, hätte ich vor nicht allzu langer Zeit gesagt, und dass ich schon am ersten Abend gespürt habe, dass Rainer der Richtige war. Dass uns seit dem ersten Augenblick etwas verband, das stärker war als das, was unsere Gedanken fassen konnten. In Rainers Augen lag diese Sehnsucht, das Warten darauf, an die Hand genommen zu werden, um in diesem Wirrwarr des Lebens einen Weg zu finden. Nicht allein zu sein, wenn das, was hinter der großen Tür wartete, auf uns einstürzen würde.

Auch ich hatte Angst davor. Vor dem Moment, an dem dieses Leben beginnen würde, der erste Tag und der zweite, der dritte, der vierte und der Tag, ab dem ich die Tage nicht mehr zählen würde. Ich hatte Angst vor der Stunde, in der plötzlich jemand vor mir stehen und eine Antwort erwarten würde. Eine Antwort auf die Frage, warum und wofür ich lebe.

Aber vielleicht hatte ich noch mehr Angst, dass niemand kommen würde, um mir überhaupt irgendeine Frage zu stellen. Und dann – zu zweit schien alles einfacher, bekam scheinbar einen Sinn. Niemand würde fragen müssen. Niemand.

Vielleicht bin ich deshalb in dieser Nacht nicht gegangen.

»Ich habe dich gebraucht, Rainer.«

»Wofür?«

»Wenn ich dir das erklären könnte, würde ich es tun.«

»Das ist doch verrückt, Sabine. Unsere erste Nacht ist fast fünfundzwanzig Jahre her. Das sind weit über zehntausend Nächte, die danach gekommen sind.«

»Zahlen. Das sind doch alles nur Zahlen.«

»Jajaja«, sagt Rainer gereizt, »aber diese Nacht war im letzten Jahrtausend.«

»Spielt das eine Rolle?«

»Wenn ich wüsste, was für eine Rolle und in was für einem Spiel, dann könnte ich dir sicher antworten«, sagt Rainer.

»Das Spiel ist unser Leben und die Rolle, das sind wir. Und das Drehbuch – mir scheint, jemand zwingt uns, so zu spielen und nicht anders. Jemand schreibt uns vor, dass wir in diesem Drama mitmachen und so tun, als wäre das unser Leben. Wir spielen Leben nur, Rainer. Wir betrügen uns selbst und zu guter Letzt auch den anderen.«

»Betrügen – ich weiß, dass ich dich betrogen habe. Es hat dir wehgetan, das ist mir klar. Es – tut mir leid, Sabine.«

»Ich habe dich gestern umgebracht – in einem Traum. Kannst du dir das vorstellen?«

Rainer schweigt.

»Es war die einzige Möglichkeit, und ich war in dem Moment überzeugt, dass ich das Richtige tue. Dieses makellose Luder lag da herum und du hast sie gevögelt.«

Rainer schaut mich entsetzt an. »Sie ist weg und – sie hat unser Zimmer verwüstet.«

»Verwüstet? Welches Zimmer?«

»Im Hotel. Ich habe hier geschlafen.«

»Und dann?«

»Habe ich ihr eine Nachricht geschickt.«

»Wie bitte?«

»Aufs Handy, eine SMS.«

»Sehr einfühlsam.«

»Dann hat sie unser Zimmer verwüstet.«

»Es war nie *unser* Zimmer.«

»Ich weiß«, sagte Rainer betreten.

»Aber unser Leben. Unser verfluchtes Leben.«

»Ich ...«

»Du betrügst mich und dich. Ich weiß nicht einmal, was schlimmer ist.«

Rainer antwortet nicht.

»Und ich! Ich habe mich betrogen und auch dich«, füge ich hinzu.

Rainer

Dieses Wort aus Sabines Mund: betrügen.

Als wären wir alle Schachfiguren, die von einem Computer gesteuert über die Spielfläche geschoben werden. Als könnten wir nicht selbst entscheiden, ob wir bleiben oder gehen. Ich bin doch hier, jetzt, hier bei ihr. Als wäre das nicht genug an Beweis.

Der Strand leert sich. Ich stehe auf.

»Ich hol uns was zu essen«, sage ich und gehe.

Jeder einzelne Schritt auf dem Weg zum Café fällt mir schwer. Sabine ist – ich weiß nicht mehr, wer Sabine ist. Mir kommt es vor, als wären die fünfundzwanzig Jahre zu einem einzigen Tag zusammengeschrumpft und wir wieder jung. Sabine hat mich nach der ersten Nacht gefragt. Damals habe ich mit vielen Mädchen geschlafen, Sabine war die Erste, bei der ich das Gefühl hatte, sie – sei bei mir, unmittelbar und nicht nur ihr Körper. Ich konnte den größten Blödsinn machen, sie hat mich immer wieder aufgenommen, festgehalten und in den Arm genommen.

Wie wichtig das für mich war, habe ich ihr nie gesagt.

Warum nicht? Oder sollte ich fragen, warum?

Warum ständig davon reden, was einem wichtig ist und was nicht, oder was einem gut tut und was nicht? Wir haben gelebt, gemeinsam gelebt, zusammen etwas geschaffen und alles fühlte sich richtig an.

Die Dame im Café mustert mich argwöhnisch. Vermutlich sehe ich abenteuerlich aus mit meiner Kleidung, die ich seit drei Tagen nicht mehr gewechselt habe. Ich lächele zurück. Sie zieht die Augenbrauen hoch. »Kann ich was für Sie tun?«

Ihr Alter ist schwer zu schätzen, vielleicht fünfzig, vielleicht auch sechzig, eventuell auch noch in den Vierzigern. Sie trägt ein schwarzes Kostüm, das über ihrer üppigen Oberweite und an den Armen spannt, darüber eine weiße Schürze mit Rüschen. Ihr Gesicht wirkt maskenhaft, die Schminke ist so dick aufgetragen, dass alles Lebendige verdeckt wird. Die dunklen Haare liegen an den Seiten wie angeklebt am Kopf und enden hinten in einem Riesendutt.

»Wenn Sie dazu befugt sind«, antworte ich zu bissig.

»Was meinen Sie?«

»Zweimal den Käsekuchen, zwei belegte Brötchen, zweimal Wasser.«

Die Dame ist irritiert, erstarrt einen Augenblick, bevor sie in die Vitrine vor sich greift.

»Siebzehn Euro dreißig.«

»Aber gerne, Verehrteste.«

Ich lege einen Schein auf die Glasfläche, verabschiede mich mit einem Nicken.

Warum kann ich nicht einfach den Mund halten, denke ich? Warum muss ich andere Menschen verletzen?

Sicher, die Dame wird es überleben, würde Karl sagen.

Aber ich auch?

Und Sabine? Sie sagt, sie habe mich betrogen und ich sie und mich und sie sich. Sind wir alle Betrüger? Lebensbetrüger? Und warum?

Ist das Leben nur so zu ertragen?

Sabine

Rainer legt die Tüte vor mir in den Sand, packt sie aus und reicht mir ein Brötchen.

Die Sonne steht tief, am Strand sind nur noch wenige Menschen zu sehen.

»Wie geht es weiter, Sabine?«

»Ich weiß, du möchtest, dass wir nach Hause fahren und alles vergessen!«

»Vergessen! Das ist doch Quatsch. Ich will nur weiterleben. Mein Leben zurückhaben. Ist das so schwer zu verstehen?«

»Und wie heißt die nächste Alice?«

»Das ist vorbei. Ein für alle Mal vorbei.«

»Welch eine Erkenntnis. Herzlichen Glückwunsch!«

»Sabine …«

»Ja, ich weiß. Was ist denn schon passiert! Im Grunde genommen doch nichts. Du bist immer wieder zu mir zurückgekommen.«

»Das stimmt«, antwortet er kleinlaut.

»Hast du einmal überlegt, ob du jemals da warst und es dir deshalb so leicht gefallen ist zurückzukommen?«

»Ich war – ich bin glücklich mit dir.«

»Ich verstehe«, gebe ich bitter zurück. »Ich war das Glück an deiner Seite.«

»Das klingt jetzt wie …«

»Wie, wie was?«

»Als wäre das Leben mit mir – kaum auszuhalten gewesen.«

Ich schweige erschrocken. Rainers Worte klingen so laut in mir wie das schrille Glockenspiel am Rathaus unserer Stadt. Meine Wut zerbricht in viele kleine Einzelteile, die im Sand versinken und nur winzige Löcher hinterlassen.

»So habe ich das nicht gemeint«, antworte ich leise.

»Aber wie meinst du es denn? Du redest, als wenn unsere Jahre ein einziges Unglück waren. Ich – ich weiß auch nicht mehr weiter.«

Rainer sieht müde aus. Und älter als vor drei Tagen. Ich rücke zu ihm, ziehe seinen Kopf auf meinen Schoss. Er lässt es geschehen.

»Du hattest doch sonst immer eine Idee, wie es weitergehen kann. Warum jetzt nicht?«, flüstere ich.

Rainer sieht mich an. Tränen laufen über sein Gesicht.

»Es ist alles weg. Verschwunden.«

»Wohin?«

»Weiß ich nicht. Es ist mir auch egal.«

Meine Tränen tropfen auf das Kleid, auf Rainers Stirn, seinem Hals. Rainer hebt seine Hand, wischt über mein Gesicht.

Rainer

Ich weine. Zum ersten Mal seit langer Zeit. Alles fließt, läuft.

Es tut gut.

Meine Tränen und Sabine, die mich im Arm hält wie ein kleines Kind. Ich blicke zu ihr hoch, sehe sie. Sabine streicht mit der Hand über meine Wangen.

Es ist so einfach und so, als hätten wir nie etwas anderes getan, als uns gegenseitig festzuhalten.

Dank:

an meine beiden Schwestern Elisabeth und Helga, die unermüdlich gelesen und kritisiert haben, an Marlies, die am Anfang und am Ende nach den Fehlern gesucht hat und mir mit Rat und Tat zur Seite stand, an alle hier nicht namentlich aufgeführten Probeleser und an Frau Heidi Keller vom Verlag für ihr Lektorat und die helfenden Gespräche.

Und an Wioletta, die Liebe meines Lebens.